ab
著

高跟鞋

　　捷運上女人穿著紅褐色的洋裝，經血一樣綻放。布料筆挺，剪裁尖銳，長度及膝，她髮絲繚繞、踩著黑色的平底娃娃鞋，粉嫩鑲鑽的法式指甲，包包是愛馬仕的，香水是 Miss Dior。像是要趕赴一場重要的約會，或是剛結束一場重要的約會。重要但不隆重，她才能踩著平底鞋，坦承自己的矮小。

　　沿著 Miss Dior 的氣味，人們循著她步出捷運站，站口風很大，把 Miss Dior 的氣味吹到四面八方，她在這座城裡也是這樣一次次被五馬分屍，像她的氣味一樣。雨水滴在 Miss Dior 的肩膀上，從她強悍的肩線滑落，她背上的衣料剪裁、約靠近第一節腰椎處，紅褐色的布料凹折成倒 V，又用雙車線壓上，但中間縫合處線頭崩了，這件簡練優雅的紅褐色洋裝頓時有了破綻，Miss Dior 一無所知地走在路上，就像得體的她並不在意這點裂痕。我們都是懂了一點事之後，才發現自己一無所知。

　　我記得妳是個不會穿高跟鞋的人，因此妳後來在重

要的場合，頂多像 Miss Dior 一樣穿著平底娃娃鞋。幾次妳試著穿上高跟鞋，再好的鞋到了妳這也是磨腳，妳第一次穿上跟鞋是高中畢業的謝師宴……不，是五歲時偷偷踩著母親的高跟鞋，那時即使蹬高了，長大還是這麼遙遠。妳也曾按捺著磨破的腳跟去見讓妳心動的人，我總是驚訝於妳的忍痛能力。

捷運口出來一個穿著高跟鞋的女人，前往回家的雨路，像一個被愛壞的女子，習慣了淋雨，身體的某個局部被穿透過，掏掉些什麼，更輕盈、走得更快，因此總是輕易被經過而不被挽留。我在心裡祈禱著，她能脫下高跟鞋逃走，能站在安心的角落，坦承自己的矮小。

《新世紀福音戰士》裡加持對葛城美里說：「妳穿上高跟鞋，讓我感覺時光飛逝。」有一幕，葛城美里把跟鞋脫掉，絲襪沾滿泥濘，與男人走在路上，她的足底拖沓，拖沓著一種誘惑，也拖著記憶的牽掛。她說，她害怕，讓她成為女人的那種男人。

你知道 Miss Dior 後來怎麼了？
她哪裡也沒去。回家路上，買了一瓶台灣啤酒，金牌，她還是喜歡便宜的味道。

再遠些時候，Miss Dior 身體散發的不是 Miss Dior，而是陽光晒過的洗衣精氣味，所有的心事，好像都可以在這股曝晒的氣息裡被蒸發一樣。她第一次在別人身上

© 不道德索引

聞到自己的味道。高中畢業典禮，Miss Dior 與男孩一起喝了第一口金牌，她再也忘不了淡淡酒精混合陽光的香氣，那個夏天，他體溫的熱很適宜，剛剛好的溫暖，在他的肩窩裡，自己好像是在棉被裡被收攏與呵護的小孩。不像後來的他們，每個人的熱都要消融她、鑄造她。

Miss Dior 打開橘黃色的套房小燈，一邊拉開易開罐、爽快地喝了一口，口腔充滿刺激且溫柔的氣泡，在氣泡啵——啵——啵——消失的時間裡，她脫下了平底鞋，今晚，她並不想去任何人那邊。

Miss Dior 褪下簡練優雅的紅褐色洋裝，把身體埋進沙發，用食指將線纏繞幾圈，把第一節腰椎處脫線的線頭扯斷了。

她是知道的，這腰脊脫落的線頭，但還是挺直腰桿。

目　　次

美少女戰士的
除毛刀

這個雨季過後，夏天很快就要來了吧。

氣溫漸升，女孩子們穿上了短裙，紛陳的腳步不斷移動，踩踏出一種前往。這些年，除了人們慣常以「白玉凝脂」溢美女性的腿，蜜桃臀成為另一種審美的顯學，,,ᗜˬᗜ,, 的腿闊步出一種壯碩，她臀推、深蹲，吃高蛋白、精算卡路里。

壯碩或纖細，下載一個健身 APP，依然與自己的寸肌寸肉斤斤計較。

好在美感是流動的，尚能在這個多元美學的年代，擁有更多戀物、放任更多癖性，這個世界上不再只允許男人意淫女人的腿。比方《富美子之足》與《瘋癲老人日記》迷戀足部，渾圓如珠的腳趾頭、小巧中透露剛強意味的腳脖子、細緻無毛孔的肌膚表面。同等的凝視，,,ᗜˬᗜ,, 也評價男人的臀肌、小腿肌，在交友軟體上滑著一張張肌肉鼓起的人皮，女同志們互相分享社群迷因上乙骨優太的手指。人們丟掉矜持，更著迷對肉體的「觸感」、「實感」。足癖、鞋戀、蜜大腿，器官上架，商品陳列，「物化」也能解放身體的神聖性。毛，僅僅

008

是毛，如此而已。

　　„ʊˋʊ„ 曾以毛為恥。國小時，她人中上的汗毛被戲弄為小鬍子，女性的毛髮象徵著異變，趨近於男人，男人害怕女人過盛的毛，如同害怕她們的逾越。後來，„ʊˋʊ„ 看著黑木香亮出她濃而亮的腋毛，閃瞎眾人，但 „ʊˋʊ„ 仍會在愛人親吻與嗅聞自己的腋下時感到難為情。《聖鹿之死》裡史帝夫留著一臉大鬍子，腋毛、鬍子、理科男，毛髮暗喻性徵，典型父親的標配，茂盛的髮量是權力、陽性、主宰這個世界的秩序，而女性的腋毛，始終是踰矩。

　　„ʊˋʊ„ 從小看的少女漫畫，女生不會長腋毛、腿毛，滑溜的像一顆把玩在手心的水晶球。直到看押見修造《甜蜜泳池邊》中還沒有轉大人的男主角給女主角剃掉腋毛，女主角身上豐盛的毛髮激起他的羨慕與渴望，他們剃除彼此身上的毛髮，也是青春期打開身體界線的第一步，要將刀子交付他人，授權剔除與刨削的權力，形同渴望一個人那樣，渴望被渴望。

　　物化腋毛，割讓毛與性別的關係，毛只是毛，如同肌膚上的痣、毛孔、角質。女孩子剔除腿毛有時伴隨毛囊角化，光滑的功夫又更繁雜。一三五去角質，二四六護膚。上市上櫃公司穿絲襪變成禮貌運動，如同日本女生不化妝就不卡哇伊。李安《色戒》裡的王佳芝也沒刮腋毛，李安說，如果王佳芝真的存在，才不會刮腋毛。

亂世裡王佳芝的命運不是佳人，國家都可以四分五裂，性與愛為什麼不能分離。如今雲雨之間，„ð͜ð„ 也懂了自己身體裡的雲霧。

除毛的史詩一直在前進，蜜蠟除毛、雷射除毛、冰肌除毛，訴求越來越無痛，成為標準，無需受苦。下個夏天，我們是否無需除毛，也能得到光滑剔透的愛與和平？

美少女戰士的腋下與長腿也是光滑的，沒有除毛以後，„ð͜ð„ 以為自己拾得女力，反倒把焦點放在了別的地方，女性的自我矯正延伸至當代日本代購系列美足產品即可一覽無遺：壓力襪，美腿神器，瘦腿丸，提臀拖鞋，秋冬裸感超自然光腿絲襪，究極美尻彈力帶……。童年羨慕著高校少女變身棒一揮，成為一個嶄新的美少女戰士，如此遙不可及。她猜想，若自己再更緊實些，有了肌肉，便有了力量。

那些稱讚 „ð͜ð„ 漂亮、企圖使她工整的人，就像刀片一樣危險，但她仍不厭其煩地讓自己靜靜滲血。„ð͜ð„ 的抽屜裡老是有把除毛刀，不管用與不用，就是擺在那裡，等待有一天，靜靜地刮除自己。

明明知道這一切，還是渴望穿上完美光滑的皮囊，穿上不合身的衣服，拿著別人的照片跟設計師說「我要剪這樣」，也細數分岔、修整自己私密的毛髮。就像即便 „ð͜ð„ 拋棄過彈力帶，也會反覆練習巴西蜜桃臀雕塑術。地獄去過了，才會發現自己是魔鬼。人無法被一種

© 不道德索引

正確所解答，繼續搞砸、受傷，„ɗ‿ɗ„會在約會前一天敷面膜，出門前仔仔細細地打量自己，回家再像個廢物一樣不卸妝躺在沙發，追尋漂亮會失敗，但還是願意往失敗奔赴而去。

我要代替月亮
懲罰你

　　世界是一座巨大的美少女夢工場，♡´‿‿`♡ 在其中努力獲得變身的魔法棒。旋轉、閉上眼睛、變裝。有一天，♡´‿‿`♡ 在某人的床沿，穿上被欲望的水手服。在 ♡´‿‿`♡ 已經成為醫學意義上的高齡產婦，想起少女時羞赧於強風中瀏海分岔開花的 ♡´‿‿`♡，真是太無知了──二十年後，妳會毫不遮掩地袒露自己的肥胖紋，再也沒有什麼值得妳粉飾缺陷。

　　♡´‿‿`♡ 喜歡這樣的故事，由女戰士守護的帝國，由女戰士拯救王子。美少女戰士變身時，變身胸針的寶石閃耀，身體變成流動的炫彩，華麗的彩帶包裹住她們的身體，亮粉撒在魔幻如舞步的旋轉之間。以愛與正義之名，盡情漂亮轉圈的時候，所有的反派都會停下來等待。

　　一切或許可以從小學六年級談起，畢業典禮前一個月，母親帶 ♡´‿‿`♡ 上了髮廊，髮廊裡貼著 Hebe 的海報，當時 Hebe 還不是田馥甄，♡´‿‿`♡ 也還不是 ♡´‿‿`♡ 願意承認的 ♡´‿‿`♡，Hebe 的黑長直髮滑順且閃爍，那是每

012

個小六女生都想成為的樣子。掛著三色旋轉燈的理髮院地板上躺著一縷縷散漫的頭髮，偶爾剪完頭髮♡´‿‵♡還會幫阿姨掃地，阿姨將♡´‿‵♡一頭自然捲從小摸到大，像熨斗燙過皺皺的衣服一樣，經過拉扯、濃濃的藥水味、燒灼的燙，燙直了她的頑強。

　　畢業典禮的領獎台上，♡´‿‵♡的頭髮死命貼著頭皮，風吹也不動，像是一個心意已決的人。

　　♡´‿‵♡始終沒成為 Hebe。Hebe 已經成為了田馥甄的那一年。交往的男朋友帶♡´‿‵♡去一間新蓋好的精品商場，那間商場原址曾住著務農為生的人們，兩年間就將一個農村整平、規劃、都更完成，其中沒有可歌可泣，多數居民拿到理想的賠償金就離去了。商場裡充斥著嶄新的衣服吊牌氣味，過去他交往過的女人都會為他挑選領帶與襯衫，♡´‿‵♡的白 T 短褲配不上他的品味，所以他為♡´‿‵♡徹頭徹尾地揀選配件，像是養成遊戲一樣，男朋友決定♡´‿‵♡頭髮的顏色、指甲的長度、裙子的材質，他也決定兩人牽手的時機，床上的姿勢與節奏，開始與結束，戀愛到分手。

　　枕頭套上躺著不是♡´‿‵♡髮色的一根毛髮，他也為另一個女人，決定了另一種顏色。

　　女明星與男朋友們一起塑造了她。

　　十年間♡´‿‵♡的戀愛沒有終止，就像經血終究會來，狠狠哭過一場後，♡´‿‵♡又能沒心沒肺地去喜歡下一個人。如同野貓在路街上勾搭有食物氣味的人，他們喜歡在被冷眼後被磨蹭，喜歡上床前的若有所思與下了

床以後的若無其事。擦肩而過的有常去酒吧的酒保、小學同學、公司的客戶。朋友說，妳的喜歡真廉價。但她覺得，對付這些有意無心的男朋友們，已經足夠充分。

前男友們，各個是喜歡伸手玩弄流浪貓，卻不願意豢養牠的人。

一任前男友嫌棄她的黑長直髮，他希望♡´‿`♡剪得像水原希子一樣短，憑著他也不是 GD，她打死不願將留了十年的長髮剪短。他將前前男友放置在她身上的遐想一個一個撤下，例如幹練的都會套裝、黑色高跟鞋，她就像百貨公司換季的專櫃，置換成 Outdoor 款式。脫下集中托高的鋼圈內衣，穿上張鈞甯代言的運動內衣、潔西卡艾芭穿的瑜伽褲、球鞋與老爹帽，和他一起去爬山，那陣子，Instagram #ootd 的美少女們全都畫著厭世妝、晒傷妝。在貼文複製某段有關獨立與自主詩句的女生，在小紅書上勤奮學習最新的仿妝。

那些♡´‿`♡在交友軟體上認識的男人們，無論是醫師律師工程師，忽然都喜歡上「健康」的女生，剛剛好的 BMI，剛剛好的健身體態，剛剛好的政治正確。Empower yourself，女性應該擁有力量，上個十年所推崇的骨幹病態已經不再，所有人都在健身、吃高蛋白、練核心、做瑜伽，女孩們各自配備一個健身教練，把自己的每一餐傳給教練看，直到他們不小心上了床。

只上過一次床的男生，喜歡在做的時候拉扯她的頭髮，就像髮廊阿姨用離子夾來來回回熨燙著她，她以為自己很在意性愛裡的權力平等，沒想到被控制的羞恥感

014

使人更加興奮。♡´ ˘ `♡蜷曲的長髮攀爬在白色的床單上，極力遮掩的自然捲在他們面前無所遁形。

　　♡´ ˘ `♡知道下個男朋友，依然會希望她成為金珍妮、周子瑜、新垣結衣，他們從少年到老年，從精悍的小野狗身材變成啤酒肚，始終沒有放棄對女人的標準。只有女人會對男人的標準越降越低，過去看臉的人，到了三十歲會改口說「內在比較重要」，直到她們發現，內在也多半會露出原形，則安慰自己「至少他很忠誠」，下限跟隨年紀超越底標——他很少偷吃，至少，他會付孩子的學費。他，比起那些會打人的男人好多了。

　　將門檻拉低同時，老美少女們為了不被離去，勤奮地花著老公賺回來的錢上醫美。但真正的美少女戰士，不需要看男人的臉色。曾看過這樣的網路新聞：一九九二年的月野兔家就位在日本房地產最高價位的地段，那至少是七億日幣的房子；火野麗就讀的私立國中三年需要花費近四百萬元；當月野兔的男朋友打開那份送她的小禮物時，居然是 Tiffany 限定紀念珠寶。

　　她們可是一群高中生組成的千金戰隊。或許實踐愛與正義的，不是月野兔，而是資本。

　　當別人問及♡´ ˘ `♡的夢想時，她不敢說。她的夢想是與一夫一子一狗一起生活。他們肯定會數落她在臉書轉發過的 hashtag 如 #leanin、#MeToo、#WhyIStayed、#lovewins，他們會說，♡´ ˘ `♡只是一個想要倚靠男人的女人。他們說的沒錯，她想要可以倚靠某個人，想過平凡的生活，想結婚生子，想被愛，想揮霍身上所有的女

性紅利，想要生病的時候有人為她煮一碗粥。

所以妳相信了嗎，無論妳是否足夠堅強、獨立、賦權自己，人們已經開始要求，女人應當美，也應當是個戰士，美少女戰士，永恆的魔法少女。

人們會要求妳的衰老禁得起拋棄、糟蹋，妳理應是一個世故懂事的女人，當妳受夠了被離開被分手，總有一天，妳會像她一樣，願望成為一個，只要能被愛，都好的人。

如果死命賴活地活到那麼一天，始終沒有離開她的，只有自然捲，以及覆蓋在自然捲之上的離子燙。變身、化妝、談戀愛、守護友情，美少女戰士的存在，純粹得如此邪惡。

美少女戰士是為了捍衛銀河系存在的。有一次，黑暗世界的魔女，貝利爾女王為了搶到魔水晶、消滅月野兔，於是狹持了月野兔的男人，邪惡的貝利爾女王想占有這個男人，因為她一生都在角落裡，羨慕他們美好的童話，她只想要他正眼看她，如同她也有公主的無暇。故事是這樣結束的，貝利爾女王在戰鬥中輸給了月野兔，她的身體像被焚燒一樣，慢慢成為灰燼，她那不堪的老化、邪惡、嫉妒，就在夜空中消失。

一段變身，二段變身，直到 ♡‿♡ 能面對大魔王為止，仍會反覆可恥地念出「愛，勇氣，希望」之類的咒語。這是個祕密，沒人知道她才是黑暗世界的魔女，儘管如此，仍以銀河系的美少女戰士之名，代替月亮，懲罰她自己。

© 不道德索引

【裡黑 哥母】

那顆火藍的白點是她的，像幾千萬光年以外的星辰皎潔，以她的血肉、坐標座落，最終降生為長夾裡的一幀超音波照片，顯影出了她自己。用若無其事，不服輸的表情，送走祂。她倔強的樣子也好看。

寬鬆
世代

每天早上八點，（○ㄥ○υ）開始吃早餐。

賴床不超過三分鐘，起床，撥離瀏海的捲子，手指大力梳開打結的頭髮，呼嚕灌下一杯冰水但沒有刷牙，清潔工作一向留到最後。

套上沙發堆的衣物，精選兩週以前的連身裙，避免同一件衣服有太高的曝光率。（○ㄥ○υ）低頭探察，腳底板下的異物感，拇趾使勁把那條領帶甩進沙發底。

水槽裡的盤碗骯髒得理直氣壯，（○ㄥ○υ）希望這裡一直飽滿著，刷出不潔的存在感，這本來是（○ㄥ○υ）精心的布局。

打開空空的冰箱只剩三包雞肉燴飯，和一手她不喝的啤酒，（○ㄥ○υ）最討厭肚腹鼓脹，滿肚子被填充的不適感。（○ㄥ○υ）打開了一包，放進微波爐。坐在微波食品與零食殘留的餐桌上，右手隨手撥出一塊空處，放上化妝包與梳妝鏡，（○ㄥ○υ）習慣先畫右邊，眉毛、眼影、眼線、睫毛，（○ㄥ○υ）是不畫底妝的那種人。

七點五十五分，微波爐叮一聲，不顧左邊的臉還沒上妝，（○ℓ○υ）扒著飯，貌似一臉被打歪、決鬥失敗的流浪狗。轉開電視，讓早晨新聞佯裝熱鬧的氣氛，以免屋子的安靜喧囂擁上來。

這間屋子如此飢餓。兩個月前餐桌上擺滿了 Costco 採買的生活用品，他最愛的雞肉捲，（○ℓ○υ）喜歡的沙拉盒，每一份食物都是 L 號的，近似他們索求無度的渴望，屋子裡的一切都是過大的。

（○ℓ○υ）總是吃不完，仰賴有他打理剩餘的一切，他是這麼有耐心，清理食物，清理餐桌，清理水槽，清理沙發，清空動線。他掌握所有動線，於是能在任何地方，清理她體內的毛躁。

春天倆人就像失去理智的獸，雖然（○ℓ○υ）如此厭惡肚腹鼓脹，但她感覺他也能穿透肚裡滿腹的惆悵。（○ℓ○υ）買了一台掃地機器人，所有行經過的地方像螞蟻分泌氣味，滿溢的費洛蒙如恥毛、腋毛散落。有次母親來家裡活生生踩下去，（○ℓ○υ）親眼看見她穿著鞋，把恥毛摁進了鞋底。

掃地機器人如今不復使用，離騷與混亂霸占著空間，他的 CD 書籍散落在門口的地板，（○ℓ○υ）曾經為他穿過的短裙擱在沙發。那件裙子金色的拉鍊彷彿還留有當時他指尖的溫度。

一個人消化，倆人在 Costco 採買的過量食物，消化這間 L 號的屋子。（○ℓ○υ）被愛成了 XS。

020

（○๑○ʋ）進行過外科整形手術，削骨去皮，豐臀抽脂，當他滿足地揉揉腰間、拍拍她校正過的屁股，（○๑○ʋ）也覺得自己的存在感好大。

把前任送的電影海報收在衣櫃裡，把獨處的時間收進衣櫃裡，把脾氣收進衣櫃裡。再差這麼一點就能成為他理想的那個人，優雅，從容，識大體，在他酒醉回家後不過問，只是替他蓋上被子；撒嬌微笑，漂亮成一只美好的傢俱；比他早起化妝裝扮，好讓他再一件一件，脫掉。

（○๑○ʋ）不曾在他眼前放屁打呼摳牙，最後一次離開時，（○๑○ʋ）替他穿上了外套。「幫你叫計程車好不好？晚了。」

是真的，（○๑○ʋ）幾乎成為了他欲望的人，或許是（○๑○ʋ）完美得太無聊，他不敢弄髒。他開始喜歡大潤發甚過 Costco，（○๑○ʋ）目睹他們一起在大潤發，像是一家人的樣子，購買一條衛生紙一瓶紅酒。而那個女生是真正的 XS 號身材，不像她。

最初，他們以為這是一段開放式關係，像當季流行的 Oversize，試試看寬鬆通透的快感。在提倡關係能夠實驗的現代，她與她見面，她們聊起共同擁有的男人，就像聊新款口紅色號，彼此分享醫美優惠訊息。他的她沒能成為她的她，再如何模仿同一種寵愛，她也成了一個人去 Costco 的人。然後她會送給她，因為特價多買的一袋衛生紙。

（〇𝅭〇ʋ）把關係實驗成一個未結的痂。他臨走前，替（〇𝅭〇ʋ）把癱軟在沙發許久的內衣內褲都收納進衣櫃裡。

眼前的碗裡只剩一塊雞肉一口飯，（〇𝅭〇ʋ）被養成吃到七分飽就停止的習慣也必須更正，吞嚥困難似的吃完，喝了剩下的半杯冰水，拿起餐桌旁邊的牙線棒，（〇𝅭〇ʋ）雙眼閉上，一半有戲、胭脂豔紅，一半沒戲、蒼白且充滿角質。

（〇𝅭〇ʋ）將牙線棒放入口腔，由下排牙齒開始清理。清牙的時候口腔張大直至乾澀，充滿他沒看過的搞笑表情，那是一個人為了活下去不得不擠弄的滑稽。每塞進牙縫的剎那痛，拔出的瞬間快，血在牙齦間瀇漫，（〇𝅭〇ʋ）舌尖舔拭，再繼續上排的清潔，越來越興奮，就要接近那漏洞偌大的牙間，在右上排臼齒隔壁，有個日夜被蛀食的蟲洞，起初只是卡菜，後來卡肉卡飯卡餅乾，所有食物都能填補那個洞。（〇𝅭〇ʋ）因為用餐時能不斷地以舌尖確認渣屑卡在縫裡，所以有能力把一餐又一餐吃完。這樣她就可以在用餐完畢，把餿味的肉渣菜末揪出來，像鋤土時往深挖，一勾一轉，把那些腐酸氣味拉拔出來，把牙床的血使喚出來。（〇𝅭〇ʋ）滿腔潔淨，空氣中飄著剩餘鮮血的鏽味。

滿足地放下牙線棒，（〇𝅭〇ʋ）看著衛生紙上被剔除的一個個屑屑，抓到了，這些寄生的壞東西。

© 不道德索引

（○๑○υ）笑得很純真，感到這是一天完美的早
晨。日復一日，（○๑○υ）經營著這間 L 號的房子。
　　早上八點四十五分，對著鏡子，她注目自己尚未完
妝的另一半。

小天使
與小主人

　　去年聖誕節，（´•_•`）在家門口發現了一個聖誕包裹，包裹裡是一個禮物盒，裝著一件她不會穿的衣服款式。她很久沒在聖誕節收到禮物，她也不喜歡交換禮物。十五歲以後，（´•_•`）討厭任何意料之外。

　　國中時，（´•_•`）活得像所有青春期的女生一樣，她們對著鏡子擠青春痘，再拚命用廉價化妝品塗抹自己，反覆著徒勞，因為還有許多能浪費。她們念書，升學，試探關係，討厭與被討厭，在這樣的往復中，成為「國中生」這樣特殊的物種。這正是學習告密、拉攏、生存的最佳年紀，學習漠視霸凌現場，在流淚的人旁邊不在意地經過。

　　當她燙起離子燙，把自己拉得更直、扁平，成為漂亮的孩子，好像也能無視那些毛躁糾結的災難。國中生是一種活在地獄的物種，他們羨慕彼此，憎恨彼此。欲望在身體裡膨脹，所以他們抽高、長胸、勃起，一邊邁向所謂的「長大」，一面看著鏡子裡的自己感到失落，（´•_•`）也未倖免於此。

024

她如大部分的女孩子，經歷過彈肩帶與掀裙子，衛生棉被當作棒球拋接，男孩們眼睛盯著那雙發育的胸部、一邊學牛的嚎叫。同學們間互相恥笑彼此的體重、身形、五官，對著女孩的腿毛譏笑：「妳是不是很愛做愛？」

　　她很幸運，在那之中，她已是非常非常幸運的了。

　　她沒有像那個嬌小的女孩子被人肉灌籃，沒像特教班的女同學在體育場角落被他們俗稱的「空幹」擠壓，她沒有像那個被學姐的美工刀劃破臉頰的女孩子，沒有像那個，國三在大考前懷孕的資優生，從此再也不能來上學。

　　在弱肉強食裡，弱者只能祈求強者不要揀選自己，凡有殘酷的獵殺現場，（´·_·`）都會閃得遠遠的。她婉拒所有情書，她不與人交換六孔簿內頁，她與同學保持生疏但禮貌的關係，如此她就能逃逸出食物鏈，因為保有人際關係的自由，所以不畏懼被侵犯的危險，她知道自己無法拯救誰，只能不涉身這場巨大的共謀。

　　聖誕節那一天，每間教室裡都充滿了溫暖氣氛，金蔥彩帶懸掛在教室周圍，聖誕樹上掛著 LED 燈與許願卡。午休結束的第五節家政課是交換禮物時間，上週，同學們都已經抽到自己的小主人，將以一百元以下的面額送給小主人禮物。

　　（´·_·`）的小主人，是那個常被欺負的嬌小女生，她買了一把漂亮的粉紅色美工刀，印有美樂蒂的圖案。午休結束，（´·_·`）去上廁所回來，她拿著寫好的許願

卡，還來不及在聖誕樹上掛上她的天真，就看見桌上貼滿了黃色便利貼。最中間的一張寫著「聖誕快樂，我的小主人。」

那是每個小孩都看過《流星花園》的年代，女生們各自分為道明寺或花澤類派別。男生們則將黃牌警告視作浪漫。

圍繞聖誕快樂的四周，用來抄寫數學公式的便利貼上寫著「破麻」、「幹」、「乳牛」、「賤人」。謄寫的字跡是當年流行的亮亮筆，墨水帶有金屬光澤，便利貼上的那些字也跟著發光。

畢業前的幾個月，(´‧_‧`)每天都會收到便利貼。她會將便利貼一張張摺好，然後放進書包裡。(´‧_‧`)不敢丟到垃圾桶，她知道每天都有人在看著她乖巧地收拾便利貼，好像只要她安分守己地收下羞恥，「小天使」就不會對她做些什麼。

校園裡也開始傳聞與(´‧_‧`)有關的性謠言，(´‧_‧`)不知道事情是怎麼開始的，故事又是誰虛構的，她始終記得謠言密謀中的所有細節，他們討論，要如何強暴她、要怎麼拆開她。她行走在走廊、放學回家的路上，得頻頻回頭看，無時無刻好像都有一雙銳利的目光盯著自己的背，即使在夏天，她也手心生冷。

這股感覺如影隨形地伴隨她長大，(´‧_‧`)在獨自行走時，未曾感覺到安穩自在，她恆常籠罩在被吞噬、被獵殺的恐懼裡。

畢業典禮那天，走廊上同學們熱烈地交換畢業紀念

冊、簽下筆跡稚嫩的「友情可貴」，交換個人檔案簿，也在彼此的制服上簽名。除了（´・_・`）。

她沉默地宛如哄鬧教室裡安靜的一座掃具櫃。直到背後有巨碩的影子襲來，在她潔白的制服上留下便利貼上的字，領口、胸前、背部……，寫滿了對（´・_・`）最後的祝福，用那支亮亮的金屬筆。（´・_・`）鬆了一口氣，她終於知道是誰在看著自己。他們像是（´・_・`）青春期的一則謊言，那些曾親筆在生日卡片上寫著「友情可貴」、「我愛妳」的人，如今成為焚燒她的使徒。

（´・_・`）知道，當時她漠視的受害者們，也正在看著她。小天使是她的神，是她的鬼，他們要她知道這件事。她知道自己一定做了什麼，讓這些人討厭她，但她始終不知道，她究竟做了什麼。

十五歲的畢業典禮之後，（´・_・`）每年都會收到「生日快樂」的簡訊，她也終於從手機號碼辨識出來，她的小天使是誰。「小天使」在往後十年，處處尋找著（´・_・`）的痕跡，從無名小站、Google Blog、到臉書……。（´・_・`）感覺自己就像發情期不斷留下特殊氣味的母狗，使得那人即便歷經封鎖，仍能用小帳在各種社群找到她。

小天使追隨小主人，無視意願的給予如同暴君，我寵溺你，因此你本該臣服。這項童年暗黑遊戲是（´・_・`）的刑罰，沒人在物理上侵犯過她，但他們以愛為名的占領，在精神上破除了她。

小天使留下的訊息通常很少，除了每年的生日快

樂，偶爾會有「妳在做什麼？」、「最近還好嗎」這類的訊息。直到（´･_･`）收到了這份聖誕禮物，禮物盒附上一張卡片，卡片上有毛茸茸的聖誕樹，裡頭寫上聖誕快樂。

（´･_･`）認出了，那是曾在黃色便利貼上，寫上「賤人」的筆跡。她感覺到冰冰涼涼的字，穿透制服衣料，沁入皮膚的刺痛。

那個人知道她沒有搬家，她還住在這裡，就像他們的狩獵關係，始終停留在畢業典禮那一天。

她重整了一次所有社群，封鎖疑似小天使的所有小帳。

小天使很快就發現了，那天夜裡，陌生電話連續打來二十二通，（´･_･`）封鎖那支電話後，翻來覆去，好不容易等到清晨來了，她看見自己的工作信箱裡，有一封小天使的來信——

——妳為什麼不接我電話？
——妳一直在我心裡，每年我都說生日快樂但為何不回應我。
——總是要放棄了，妳就來。
——妳為什麼要對我裝可愛。
——不管妳生老病死殘，我會永遠等妳，只要妳一句，我這輩子願意等妳。

小主人沒有向上天祈求，小天使仍會來的。那年聖

誕節的故事並沒有像「友情可貴」、「百事可樂」在紙張上慢慢褪色，倒像那句「我愛妳」的尾隨，真的可以一輩子。她正在為她不知道做了什麼的，或者是裝可愛，或者是她穿的內衣的顏色，或者是她發育的速度，她看人的眼神，受罰著。

那一雙背後虎視眈眈的眼，在每個黑夜裡，巷弄裡，房間裡，家門口，等待著她。

生日那天，（´·_·`）為自己買了一把粉紅色的美工刀。

限量
口紅色號

　　每個情人離開（„ʊ 3 ʊ„）以後，最懷念的是她的口紅。

　　她說話的聲腔像她的口紅。藉由一個人的口紅，她習慣塗抹的唇色，可以確認她內核的模樣。

　　像水蜜桃的內核有毛刺，或是蘋果的內核能夠一口吞食，像夏日的西瓜，總要挑出籽。有人柔軟中有病狂，有些挺拔裡是溫婉。

　　（„ʊ 3 ʊ„）兩瓣嘴唇，是柔軟彈嫩的果凍，發出晶瑩水潤的光澤。她喜歡塗上莓果紅，手邊大約有二十幾支口紅，色號不一，但大約就是在相近色譜，近似讓人垂涎欲滴的莓果紅。

　　所有人都誇讚（„ʊ 3 ʊ„）的唇形好看，她更焦心於補色，一層一層塗抹上去。醉心於自己的可口。

　　今天聚會上，（„ʊ 3 ʊ„）將和久違的學姐見面——那個教會她擦口紅的人。記得高中時，她非常喜歡學姐，學姐會和她互相在節慶寫卡片，她段考以及學姐模擬考時，兩人會給彼此打氣、傳簡訊，那還是簡訊一字一元

　　　　　　　　　　© 不道德索引

的年代，她們之間的感情毫不吝嗇。學姐對（„ᵹ3ᵹ„）特別寵愛，只會送她歐趴糖，讓她感覺自己是特別的。

學姐在（„ᵹ3ᵹ„）十八歲的生日送了她生命中第一只唇膏，再不是潤色護唇膏淡淡的櫻花粉，學姐輕輕替（„ᵹ3ᵹ„）塗抹上顏色，仔細地描繪她的唇型，框線擬定以後，塗滿（„ᵹ3ᵹ„）飽滿圓潤的唇，（„ᵹ3ᵹ„）的唇珠兩顆小小的，鑲嵌著珍珠一般的光澤。「十八歲生日快樂。」學姐說。

她替她塗口紅時，她聞到了她鼻息的氣味，令她聯想到蝴蝶振翅後落下的鱗粉閃爍。

嘴唇近似鮮果紅嫩，那麼純情，也終究抵不過色情。在（„ᵹ3ᵹ„）尚未明白唇膏的味道以前，學姐先是替（„ᵹ3ᵹ„）品嘗了唇膏的深情、親密的深度，果肉甜而飽滿，蜜桃汁液欲滴，親吻一口，輕輕含住脆弱的果核，核心周圍，有一種輕微的酸澀。（„ᵹ3ᵹ„）不需要抿唇，色澤也均勻了，該發亮的地方發亮，該發燙的地方發燙。汗水滲透白色的制服，隱約有她們肩帶強韌的形狀。

畢業將近十年，學姐結了婚，離了婚，她們終於在一桌飯局上見面。（„ᵹ3ᵹ„）已經有能力不看鏡子也能精準地描繪唇形，她常出神臆想，學姐會喜歡她現在的模樣嗎？

（„ᵹ3ᵹ„）每每拿起簡報筆向客戶與主管匯報前，必須先拿起唇膏，為自己塗上口紅，像穿戴裝甲，一旦剛強的唇線出落地踏實，也沒人會質疑她作為一名女性為何可以在這個年紀就成為經理。她偶爾跟老闆介紹的

男人交往，適當地親熱、適當地分手；耐得住老客戶的上下其手，耐得住茶水間的閒話，腹背受敵地坐在經理的辦公椅。公司裡上上下下所有人都知道這些事，卻不疑有他地繼續提案、匯報，幾天前因喝酒失誤一夜情過的男女，幾天後能在一方辦公桌上毫不怯場地一起吃著三明治、挑剔城市的交通。

　　午休難得接到學姐的簡訊，十年過去，那個人的抬頭永遠是她生命裡的「學姐」。餐桌上她們成熟地演練、笑著，談談孩子的話題，探探老同學的下落，好像，她們之間經歷過的難堪都算不上事。酒後三巡，人群的聲音都變大了，有些人來了又散，這麼深的夜晚，必須靠近對方的耳朵說話，耳朵好熱、好癢，她們懷念起那種發燙的感覺。

　　其實路和床一直很像，散著上著就會道別。睡過幾個人，(„ʊ 3 ʊ„) 也成為了曉得怎麼合情合宜地勾耳勾肩的那種女人，牽著學姐的手，那種篤定的樣子像是她已經不是當年的學妹，能夠引領她更多。

　　(„ʊ 3 ʊ„) 至今還沒遇過幾個人，吻她的時候能夠留意她的儀容，不把她的顏色吻糊。那些人的吻法，好比餓了三天。唯獨學姐，品嘗的姿態，像是捨不得吃完一頓高級的法式甜點，學姐舔了一圈自己的嘴唇，回味 („ʊ 3 ʊ„) 顏色拓印在自己唇上的香澤。一路褪去包包、衣物、那些東西掉落在地板上，連同學姐包包裡許多袋裝的美妝試用品、名片，紛雜的時光散落一地。

　　「妳已經長大了，要不要換個唇膏的顏色呢？」她

　　　　　　　　　　　© 不道德索引

用手指撥弄著（„ʊȝʊ„）柔軟的唇瓣，像挑逗不定的心思。學姐房間裡掛著小孩的照片，大約是記錄零歲到三、四歲的年紀，然而兩人都刻意忽視著這一切，像進門時（„ʊȝʊ„）瞥過頭，無視學姐將一雙男人的皮鞋踢到鞋櫃下，轉過頭，僅有兩雙漂亮彪悍的高跟鞋站穩在那。

（„ʊȝʊ„）說，還是最喜歡莓果紅的色號，像是青澀的夏天、還有夏天果熟的芬芳。

學姐轉身，開啟床頭櫃的抽屜。

學姐的抽屜裡有好多口紅，珊瑚橘、豆沙奶茶、蜜桃焦糖、玫瑰紅、無花果奶茶、草莓慕斯色……，每支口紅的曲線都像一個想被揀選的女人。

「哪個適合我呢？」（„ʊȝʊ„）問。

「這個絕對欲望，職場上很合適；這支仙氣小姐姐，大學生都有這支；這款女神熱吻，顏色很性感。這個是今年秋冬限定色，買整組就會送的限量，這個最適合妳。」

學姐說話的聲腔也像她的口紅。藉由一個人的口紅，她習慣塗抹的唇色，可以確認她內核的模樣。當學姐談到「我們是上市上櫃的公司」時，（„ʊȝʊ„）知道她沒有騙她，她真的已經是適合嘗試更多唇色的年紀了，學姐那麼懂得每一個色號，就像她見識過的男人與女人一樣。

學姐說，或許能推薦給公司同事，可以給（„ʊȝʊ„）最優惠的團購價。

離開房間前，（„ʊȝʊ„）將自己莓果色的口紅放進

了學姐的抽屜裡，這支口紅是聚會前一天，（„ʊ 3 ʊ„）在專櫃前精挑細選、對著鏡子專注描繪出當年自己的形狀與色澤。她打算把剛剛拆封的自己留在那裡，像精緻的標本，成為學姐能夠懷念的收藏。

回家路上計程車車窗的反光，映照出她的口紅，混濁學姐牛血色的唇膏，（„ʊ 3 ʊ„）的唇色髒了，但不再補妝。

她雖沒吻糊她，但卻吻壞她。這個夜晚，莓果熟了，她也熟了。

小編
也有帶這件

　　(ˆ・・ˆ) 的衣櫃總是很滿，衣櫃是在大賣場買的電鍍層架組合櫃，小小八坪的套房裡有三個衣櫃，衣櫃的吊桿斷了好幾次，(ˆ・・ˆ) 用大力膠與麻繩將斷裂的吊桿拼裝回去，衣櫃勉強拼裝回來的樣子，就像 (ˆ・・ˆ) 勉強支撐的身體。

　　不織布的防塵被套裡頭，鼓鼓的衣服撐得腫脹，(ˆ・・ˆ) 的心裡仍有欠缺。「這件小編自己也有帶一件唷。」每個月的新品，(ˆ・・ˆ) 假裝自己都有一件。

　　至少，每個月至少都會購入五、六件新衣服，衣櫃裡有許多尚未拆裝的衣服。這些來自淘寶、換上韓文標籤的衣服都不算太貴，但對一個每個月需要繳交一萬五房租的乙方來說，也說不上慷慨。

　　只是，一旦不買那些新品，(ˆ・・ˆ) 就會覺得略有不足，如同限時動態的濾鏡僅限二十四小時，很快會被下架，擔心自己在別人面前不夠有存在感。

　　好不容易，(ˆ・・ˆ) 終於可以塞下這些衣服。

　　國中二年級時，第一次得到自己的衣櫃，衣櫃裡除

了制服，僅有黑色的寬鬆短袖與寬褲，那時，(ˆ‧‧ˆ)的世界是 3XL 的，青春期的淺薄，並不好消化 (ˆ‧‧ˆ)的重量。在所有人面前，(ˆ‧‧ˆ) 是沒有名字的人，從師長、同學、街坊鄰居到早餐店阿姨，甚至是 (ˆ‧‧ˆ)的父母，每個人都喊 (ˆ‧‧ˆ)「胖妹」。她始終穿著黑色，掩飾與隱形她自己。

奶奶百日那一天，(ˆ‧‧ˆ) 形同往日，穿著黑色對生命服喪，一桌子都在吃飯，背負喪母之痛的父親唯獨只對 (ˆ‧‧ˆ) 說：「不要再吃了。」這個世界上，沒人會記得，胖子再有彈性，也是會受傷的。

看見那三個爆滿的衣櫃，(ˆ‧‧ˆ) 想起自己的國中時期。衣櫃是她的一顆心，全都是擁擠的、想要被看見的、新衣服們一張張皺巴巴的臉。

好想被愛。衣櫃這麼說。

新品到來的時候，再餵食更多衣服給衣櫃。不斷地購入漂亮、占有當季爆款，追蹤小紅書上的新品，從穿衣延伸至保養、美妝，(ˆ‧‧ˆ) 謹慎地模仿一個個仿妝，直到自己成為精緻的贗品。

(ˆ‧‧ˆ) 錯認每一件衣服的謊言作為自己的主張。歐膩款超高回頭率西裝，溫柔小姐姐藕色短 T，飄逸仙氣早秋碎花洋裝，回頭率最高顯瘦丹寧褲……，住進一款新品裡使 (ˆ‧‧ˆ) 安心：我終於，也變成跟大家一樣的人了。(ˆ‧‧ˆ) 曾在國中時期許願：如果有來生，我不想要當一個成績優異的胖子，只要笨得剛剛好，為膚

© 不道德索引

淺的事情而笑、為頻繁的失戀而哭，身材長相普通到可以讓所有人視而不見，而非見一次笑一次。

後來，(˘･･˘)發現，不被取笑的方式，是成為一個說笑的人，當然，是那種大家喜歡聽的：有點下流、消遣自我的笑話。努力成為一個搞笑的人，為了讓他人傷害自己的時候，比較不會那麼痛。把笑話敷在自己的傷口上，那就會變地獄哏。胖會變成一種逗趣的把戲，而非被排擠的理由。

每個月結帳時，需要做後台銷售報表，(˘･･˘)會一一修飾自己的審美，記得第一、二名銷售款；(˘･･˘)為衣服撰寫文案：顯瘦、遮肉、小眾款、可鹹可甜、性感、溫柔、百搭，直到她也成為百搭的。

撰寫時，(˘･･˘)會用「棉花糖」取代「肉感」，即便如此正確，(˘･･˘)仍然不想回去那樣的棉花糖時期，棉花糖的每個日子都是針，是(˘･･˘)的座椅上被同學玩笑放置的一根根圖釘。

那時候，誰都不懂事，因為無法恨任何人，(˘･･˘)只能厭棄不合格的自己。

離開學校以後，努力褪去一身的肉，(˘･･˘)幾乎得了厭食症，一吃就吐，餐餐對生存感到噁心，身邊所有的人，都像那些食物，食之無味，棄之可惜。順道換了電話，與當時的朋友斷了聯繫，當時，他們都處於世界的邊緣，因為身高、長相、口吃，各式的原因，成為大家討厭的人。

他們不是因為喜歡彼此而做朋友，只是在當時所知

的人際關係範圍，他們感到彼此稍微正常一些。一樣經歷過黑暗的廁所、制服上的便利貼、被藏起來的書包。

那個時候，在公車上，(ˆ•••ˆ)不願意坐任何一張椅子，她記得那些噴聲，屁股再怎麼努力往旁邊挪動，仍會占領隔壁的位置，

因為無法修正公車椅子的規格，死命地成為符合規格的人。

每當看見那些「成熟女人：愛上自己的小腹」、「橘皮與皺紋是妳智慧的痕跡」的雞湯文，(ˆ•••ˆ)會在心底吶喊，想必寫文章的人，並沒有過這種經驗：首先，她們一定都有名字，而不是叫胖妹吧；直到放學後，連老師都沒有發現妳被關在廁所；體育課結束所有人都會離妳很遠，流汗與臭味成為恥辱；當妳開始學習化妝、學習成為一名少女，遭人譏笑「原來妳是一個女的」。胖，是一種去性化的存在，在這種偏促的長大中慢慢面目全非——戀愛失格，人類失格，整個青春期，(ˆ•••ˆ)都感覺自己的名牌上寫著這樣的字。

直至成人，(ˆ•••ˆ)仍會有這樣的感受，一旦感到自己不夠正確，就去照照鏡子。

她在感到空虛時，常隨意點選想要的漂亮衣服，在蝦皮購物車擠進大量的商品，貌似自己擁有，再一筆筆刪除。放入購物車，那每一件衣服暗示的主人都是她，也都不是她。小編(ˆ•••ˆ)熟悉每季的暢銷款，因此彷彿可以成為任何、暢銷款的那種人。

今天，(ˆ•••ˆ)也穿上了白色小可愛，以便直播

穿脫時快速換裝，(ˆ˙˙ˆ) 會穿遮住肚子的那種，而非半截小可愛。因為她不想要任何人看見瘦下來後的肥胖紋、橘皮，那像一場場嚴峻的坍塌，軟弱失能地癱在肚皮上，(ˆ˙˙ˆ) 不想被任何人同情，或是成為這個地球上比較勵志的那種版本。

比起那些漂亮的衣服，白色小可愛，是 (ˆ˙˙ˆ) 衣櫃裡最常被使用的衣服，因使用率就像衛生衣一樣，顯露出毛球與脫線，像 (ˆ˙˙ˆ) 露出的瑕疵。

衣櫃裡一直留著國中時的寬鬆黑色 T-Shirt，即便再多衣服住進來，(ˆ˙˙ˆ) 都不願意丟掉這一件，(ˆ˙˙ˆ) 身體所有的歷史與沉默。比起照真正的鏡子，看著那件衣服時，才像看見自己。

每當死命將衣櫃的拉鍊勉強闔起時，(ˆ˙˙ˆ) 聽見了，衣櫃悄悄地說。

我愛妳。

絨毛布偶
的絨毛

　　就算再怎麼厭惡偷吃的人，等到有一天，不小心成為出軌的人，也會原諒自己，人類就是這樣的一種生物，（○人○✿）也是。

　　出軌者並非想追求幸福，而是深知自己配不上那份幸福，於是轉身信仰不幸。

　　（○人○✿）父親擁有一格祕密抽屜，從小，那格抽屜總是被鎖著，好奇的（○人○✿）竊得父親的鑰匙，打開抽屜，打開潘朵拉的盒子。父親祕密的抽屜裡，裝有寫真女郎的護貝卡、A片DVD，與陳年情人們的照片。抽屜裡欲望橫流，（○人○✿）從此也有了一個抽屜。

　　凡是擁有上鎖抽屜的人，也將接受無法被解鎖的匱乏。

　　彼時已是家產散盡、一無所有的父親，仍然死守著抽屜，抽屜裡那些照片，他的樣子還很風光，在商場與情場上呼風喚雨，享受著被寵愛。如今那個抽屜伴隨一家子的流離，搬過一個個家，始終沒有被打開過，父親中風，他仍會想看A片嗎？（○人○✿）沒有問過他。

　　　　　　　　　　　© 不道德索引

自從打開了父親的抽屜，（○人○❀）就經常做著重複的惡夢，故事總是她與父親的冒險，在夢中，他們一起拋棄了母親，而她與父親擁抱在一起，身體服貼、臉頰相親，這種父女相連的畫面本該是親情，卻顯露情色，讓（○人○❀）醒來充滿罪惡感。為了不被拋棄，她選擇與父親一起拋棄母親。

父親中風後，她也離家多時。（○人○❀）與交往十年的男友同居在城市地價最貴的層樓，這時，她也真有一個祕密的抽屜了。抽屜裡裝的是潤滑液、按摩棒、跳蛋這樣的東西，這是男友始終無法打開的櫃子，即便十年間，他們多次論及婚嫁，雖然還沒結婚，但也成為一起背負房貸的可憐鬼，過年過節會與對方父母一起吃飯，但，仍沒能袒露彼此身體最生動與真誠的一面。

週五的下午三點，（○人○❀）會在房間內進行她祕密的儀式、聖潔的魔法。她慎重地轉動鑰匙，打開櫃子，迎來每週一次的高潮。房子的訪客們，並不擁有房子的鑰匙，他們是她每週預約的情人，對（○人○❀）的理解比歷任男友更為深刻，他們知道轉動（○人○❀）身體、打開她的方式，如何在凹折她的動作裡取得溫柔與暴烈的平衡，他們知道（○人○❀）受痛以至高潮的那顆按鈕。於是他們約定好，在不干涉彼此感情正軌的交合裡，承諾每週一次安全的偏離，快樂的失序。

（○人○❀）的身體也長大到能同理父親的階段。當她還是童女，乳房尚未發育完全、陰毛也僅有刺刺的短毛，父親會帶著她與許多阿姨約會，她陪同父親扮演

「一個單親好爸爸」的形象。阿姨們送給她小熊、兔兔、企鵝等不同造型的絨毛布偶，（○人○❀）在另一個商務客房裡玩玩具，聽見父親致使女人的喘息。然後她會報復般地撕毀絨毛玩具，幫它們開腸剖肚，掏出它們裡面的棉花。

絨毛娃娃們空虛的軀體，躺在商務客房的垃圾桶裡面。她在這種傷害別人的行為裡感到安心，這樣能夠好得快一些。

絨毛遊戲結束以後，回到家裡，母親也下班了，母親滿頭白髮地從五股奔回家煮飯，每天騎機車，家裡的車讓父親開，開著去見客戶，她不曉得，丈夫的車上留有不同女人的體液。但彼時她已是父親的同謀，她沒能告訴母親，自己也背叛了她。她一面自喜著與父親共有祕密的特權，一面為此不安。

父親中風後，母親日日幫他替換尿布、餵食拍身，一次（○人○❀）代替母親盥洗他，看見父親軟弱疲乏的陰莖，原來陰莖也會有皺紋，像一個女人被折損的橘皮與妊娠紋。這個人已經不會勃起了，他喪失了體驗他人身體的方法。他失去愉悅的本能，也將對母親保持終極的忠誠。

她沒能拆穿父親的抽屜，而是繼承了父親的抽屜，懷有一個永遠的祕密。父親在救護車上的最後一口氣，對（○人○❀）說：「我愛她。」

（○人○❀）回應：「我知道。」

父親火化以後，她把父親的抽屜丟進垃圾場，好讓母親永遠純潔。

她知道再也沒有人比父親更愛母親，他不得不行使背叛，去止肉深處的一道癢。她知道的，父親不值得那份幸福，他非得讓自己在犯罪的不安裡受懲。

如何謀求心靈、經濟觀、特質、價值觀，乃至體位，都可以吻合的對象？人生這麼長，他們只渴望偶爾一次的高潮。

在（〇人〇❀）出軌的同謀中，多是喜歡狩獵、得分感的男人，他們偏好蒐集與排名女人，他們擅長以誇獎調情，「妳是我做過最會搖的」，顯現出他們評斷與排名的男性權力，然後他們會問：「我是最持久的嗎？就算不是，我應該最到位吧。」以確認自己的男子氣概。

（〇人〇❀）要的只是身體到位的感覺。如果太久沒到，她會感覺自己人生失去了某個重要的東西，體內有明顯「未被填滿」的感受，宛如一只破掉的塑膠花袋，在柏油路上隨風亂舞。除此之外，她覺得自己失落、醜陋、不值。

當男友射完抱著她說「妳是我的」時，她感覺自己像是一隻喪氣的小兔兔絨毛布偶，精液在陰道內蔓延成占有，（〇人〇❀）自知是他的隸屬物同時想起自己的背叛。（〇人〇❀）是知道的，她也好愛他，她愛他吃冰淇淋舔嘴唇的方式，愛他鬢角的白髮與細膩的指紋，她愛他的打呼聲，愛他的健康如同他的隱疾。但她深信，始終有一天，男人會背棄，他們會為了柴米油鹽、春花秋月，說出更多精緻的謊言。為了校正回歸，她只是，也需要擁有一個抽屜而已。

一場爽快的性行為，讓（○入○❀）能毫無罪惡感地起身穿衣，她仍是她自己。她不跟他們討論星座、政治、天氣，他們只回饋彼此的技巧。

　　「那個體位我很喜歡。」、「可能要再上去一點。」（○入○❀）喜歡那種公事化的語氣，將性回歸於忠實，不批判不虛偽。她無需因為愛他們而說謊。

　　她也產生了一種錯覺，每次出軌，返回他身邊時，身體皆能因不同的肌膚碰觸受到刺激，那摻進了幻想與嫉妒、偷竊的快感、扮演純潔的恥。錯覺他更寵她一點點，她會因此相信，和平的監牢是可以忍受的。

　　她在每次空掉之後填滿自己。宛如補償那些年她對絨毛布偶所做的壞事。她是被自己挖空的絨毛布偶。如果曾經把自己掏出來，那她的裡面，就再也不能恢復到最初柔軟潔白的樣子。

　　（○入○❀）幻想有善良的人把棉花一點一點安置進自己破掉的身體裡，再用最精密的縫合技術，謹慎而紳士地將她縫補起來。

　　就好像，她是一隻漂亮的絨毛兔兔一樣。

巫女
的禁術

（˙ ω ˙）喜歡被強暴的感覺。但她是一位女性主義者。

她從以前就與閨蜜們的 A 片品味不同，當大家在下午茶桌上以女性向 A 片配馬卡龍，她們描述著男優細膩的手指、指頭深陷進質地柔軟的床單、男人溫柔且紳士的將女人翻身，（˙ ω ˙）只是自顧自地將一顆顆馬卡龍吞下肚。她笑稱自己是螞蟻，甜可以覆蓋任何異味。

她不敢跟這些女性主義研究社的同期們說，自己的 A 片關鍵字是強暴。即便是簇擁多元價值的時代，喜歡這樣 A 片的自己與那些 N 號房裡看未成年性暴力影片的人有什麼不同？她這樣的癖好，是否也助長了性剝削？正因無法解答自己，她不敢向誰提起。。

這也是在一次她真正被強暴的經驗後才得知的。

月色讓林蔭大道的樹影搖曳，他們在社團聚會以後前往附近的酒吧，她能感覺到，那個對新聞權勢性侵事件提出深刻見解的男孩子，總是在發表演說後與她眼神相對。與同齡人相仿，他們進行著大學生的約會路線，

喝到通宵，他約她到宿舍坐一下，她去了，宿舍裡沒人，她問只有你嗎？對啊，室友都去住女友家了。

他們續杯，好像要完成一種敘事般地前進，他也前進，/˙ˍ˙\ 初嘗這樣的索吻，像是要吞噬一切一樣，還能聞到他口腔裡龍舌蘭的氣息。他的手指在內褲邊緣遊走，好像在得到她的應允，她說，我好像該回家了。他擁抱著她，她感覺將以溫柔結束，然後他推倒她，很快地褪去她的內褲，妳的身體很誠實喔，他手指戳弄著她淫潤的陰道。他的陰莖在她的腿內側硬了，很順利地放了進去，她發出求救的聲音時，他以手摀住了她的嘴，另一手拉扯她的長髮，他挺進與鬆懈得都很快，在抽插間她不想要，可是高潮了。

/˙ˍ˙\ 的肌膚留下了深而紅的掐痕，那種痕跡很快就會淡，但落下了一枚血色的瘀青，在她體內深處。回家以後，她秉持最後的清醒，洗澡，看見淡淡的血絲爬在股間，這時才覺得疼。而後她如往常刷牙，吹頭髮，像一個沒事的人那樣，睡著。

這一切並不如她腦子所想的開始，卻如她身體期待的結束。

自此，她再也沒有高潮。

但是她真的愛他們，那些與她做愛過的男人們。那並無關陰莖的大小長短，而是一種不預期的，忽地進入，一種革命式的侵占，那一刻她彷彿可以忘卻自己，當他視她為物，她也因為人格卸備而失去矜持。可是那種感覺很怪，她感到恥辱。後來，再也不敢去參加社團活動，為了避免與自己，想被強暴的感覺，直球對決。

© 不道德索引

(ニᴥニ) 了解所有政治正確，因而她的性癖好才成為災難。

她一面在臉書發表對印度性暴力的新聞評論，一面感覺身體一直在等著什麼。她覺得自己在女性主義的世界，或是在母豬教徒的世界，都是女巫，一旦袒露身分，就會被驅逐。女人會焚燒她的淫蕩，男人會焚燒她的主權。

她喜歡暴力但並非 BDSM，而是真實的暴力展現出的欲望型態，她覺得那最像自己。感覺消失了，好舒服——她彷彿終於從漫長的飛翔裡降落，抵達身體的領土。

有次，(ニᴥニ) 跟交往的男朋友說，我喜歡這種 A 片。那男人試著強暴她，在出其不意時發生性，分手的時候，他哭得像個小孩，說他很累了，他不想成為那種人。男人為了 (ニᴥニ) 假高潮，這可是兩性關係裡少有的事。

有人曾為了成為女巫想學習巫術，但仍迷失在這片黑魔法的森林裡。

女巫一旦說出「我想要」時，周遭的人會感到恐懼。(ニᴥニ) 記得自己國小時就習得自慰，她把娃娃放在自己的陰道下摩擦，母親打開房門，狠狠打了她一巴掌。然後，母親沒收了她房間裡的所有娃娃。她成為一個沒有娃娃的小孩，卻仍擁有欲望，枕頭，棉被，腳踏車墊，蓮蓬頭，都成為她欲望的形狀。(ニᴥニ) 彷彿能看見生活用品沾染著她的不潔。(ニᴥニ) 喜歡暴力，就像她看恐怖片的時候容易產生快感，但她同時喜歡小白兔、馬卡龍、嬰兒，這樣軟綿綿甜呼呼的存在。身體是奶與蜜，

是惡魔，是一顆又一顆充滿色素的、甜膩的不得了的馬卡龍。有時候甜到盡頭，也會成為異味。

　　那股龍舌蘭的氣味變成鬼，在她往後的床事間，深幽地飄蕩在床頭。

　　她總是記得那種侵襲，使她不再掙扎，全然地放棄了思想、知識、尊嚴，好像，那一刻，她是自由的。

　　╱⸝˙ᴥ˙⸜╲ 知道自己渴望的「力量」，跟「想被哥哥調教」那樣的 A 片不一樣，她並非在暴力裡臣服，而是在暴力裡成為完整。可是沒有一種 A 片能完全滿足喜歡被力量填滿的女性，她只能找接近一點的。當她躬逢自己的高潮，腦子裡出現了《魔女嘉莉》滿身鮮血的畫面。在那個時候，╱⸝˙ᴥ˙⸜╲ 感到自己比每一根陰莖都還硬挺、剛強。而她在鮮血般的潮溼裡，始終只能與自己的手指素面相對。

　　魔法的領域已經充血，但是，她仍得隱藏自己的魔法才行。

分眾
經營

　有些事，Google 永遠比外人更知道。

　它知道ᘛ'ω'ᘚ許多面貌，比如，母親不解的童年創傷、前未婚夫沒試過的高潮體位，知道她所有不為人知的需求，然後在下一秒推薦她相關廣告。許多面貌散落在各處，每個小帳都是她，宛如她的臟器分解，飄流在雲端。

　ᘛ'ω'ᘚ在交友軟體標籤簡介寫：#戶外 #音樂 #iykyk，那樣普通的介紹，將為她帶來適切的關注，扮演無害的平庸的邪惡，不要放陰鬱的側臉照，要開朗著露齒笑，好像在說：嘿我沒有 PTSD 沒糾纏的前男友更沒債務問題。她也有充滿厭世小論文的 Threads，那是他人所說的奶帳，也是她最多人追蹤的社群，但因為不露臉，沒人知道她是誰，她發文所婊揚的對象都是那些厭女者，他們為了她的裸露而來，也在她「#我所遇過的軟屌」發文底下喚她母狗。儘管看過《被討厭的勇氣》，但所有真實的意見都需要開分身。

　同時。她會在臉書轉發回家投票的迷因、抽電影票

等無關緊要的貼文。沒人需要ξ'ω`з的真實，她知道自己最好再假一點，與所有人一起假，等假的變真的。

充滿奇蹟美照的 Instagram 則是「Eat, Pray, Love」政治正確的乖寶寶形象，下班後的聚餐照說明成熟應付人際應酬的能力，海灘衝浪照、閨蜜 Selfie、和家人一起度過的二十六歲生日，這些用來給未來的雇主、未來的男友參考：哈囉，我陽光開朗血清素均衡，每張照片都完美得無懈可擊，活得像正常人一樣，就連照片的漏光角度也是，美圖秀秀一鍵美顏後上濾鏡，失敗得那麼完美。

作為千禧世代，使用新社群對她來說如魚得水，比如 Clubhouse 這種聽覺型社群，純屬聽別人幹話，她很快就卸載了，「我還需要在社交軟體上聽職場每天領教的 Mansplain 嗎」，她在 Threads 如此發文；小紅書用來刷一些無腦打卡景點美食，大眾品味低俗如病毒，散播力極強；並且也開始使用她當時嘲笑著其惡俗品味到不行的 TikTok，越洗腦的事物也會越快被時間的浪潮沖刷，她發現這種東西很像毒品，如同在 Trip 的時候，無意義的生命時間一下子就過了。

她使用不同社群分眾經營各種小圈圈，每個社群都是避世的烏托邦。

Google 不知道她也曾經不是那樣的人，那時候，她還不明白那麼多。還不知道如何從後台數據看 Insight，那個時代也尚未出現後社群時代這樣操弄真相的滾動式調整。

其實她寧可自己依然不懂，依然菜。她不要知道這

份工作帶她知道的一切。社群操作 Bonding 的不只是商業關係還有政治往來。如此她不會對民主失望，可能繼續以大頭貼外框表態政治傾向，直到她驚覺原來所有支持政治派系的知識分子、文化領袖也都是領錢做事的派系，他們支持的不是台灣價值，而是已經建設好的利益結構，一旦政治洗牌，這些劃分好的碗盤也都將重新配給。這也僅是她在整理公司標案時得知的冰山一角。她也不會知道，將人道主義、女性主義作為旗幟的前雇主，僅僅是在性別主流化的幾年間，將性別口號作為業績達標的方法。當那些思想不再流行，這幾年，前雇主的提案則主訴 DEI（Diversity, Equity and Inclusion）。

　　她希望自己不要知道太多，如同 Google 無法從數據知道一切。Google 不知道她為了重逢初戀與未婚夫道別，純愛的就像《初戀》那樣，直到她清楚他不會摘下無名指的戒指，她在臉書看見他們的婚禮紀錄，直到她不僅成為他的初戀，也成為他們的第三者。她是他的摯友群組，但他依然貼出放閃寵妻子的出遊照。還好她只能是他的摯友，不然她就會成為信仰愛情婚姻一對一關係的，那種傻瓜。

　　「笑死。瘋掉。」發現這件事時，ʕ˙ᴥ˙ʔ 在限時動態拍了一張可愛自拍，寫上這樣的文案。那或許是說，所有真切的情感有一天都會讓人笑死，真話使人瘋掉。笑死，瘋掉。人生常常一不小心就變成語助詞。

　　她才發現，她從來都是所有社群、多數關係的第三者，那個不一定被需要、隨時可拋棄的關係。作為一個

不合群的既得利益者，她沒有資格說自己對活著感到失望。每天在所有社群待著，因為她無處可去，她在社群痛罵所有噁心的事情，好像她不是那其中的一分子。

　　她本來也是說出正義無需恥力、黑白分明的人，直到她經歷過辦公室主管的 PUA、過度強調正向積極的進步文化、追求快速迭代的工作流程、超越 996 辦理的上下班時間……，終於完成自己的冒牌者情節，她才發現坐在冷氣房裡旁觀他人的痛苦並沒有這麼難。深信痛苦都有意義，這也讓她了解 LINE 群組的特質：在辦公室裡討厭同一個人，與在辦公室裡團購同一款泡麵，本質都是一樣的。憎恨與愛共生，越緊密的小圈圈帶貨力越強，這個發現，讓她在上間公司成為產品行銷銷售的年度 MVP。

　　只要知道在什麼場合，派出什麼樣的自己就好。開分身，分眾經營，並沒有這麼困難，她的初戀在臉書，床伴在 Tinder，曖昧對象在 Instagram。ε'ω'ʔ 以自己的生命經驗驗證。臉書就像新聞稿一樣充斥公版內容；與其發稿給四大報不如在 PTT 發文，因為在這裡，不需要發稿，就有一堆記者在抄；Instagram 會給予 Reels 影片更高的變現力；Dcard 這樣的論壇可以將假新聞做得不著痕跡；Tinder 以粉紅經濟寂寞心理觸及陌生群眾，某種程度來說，也是詐騙。當她開始對詐騙心安理得，那她就不必說謊，更安於「行銷公關」這張名片。

　　當她面臨著病毒傳播的分眾經營時代，一點也不心慌，她會想起自己分眾經營的所有網路，分眾經營的上

　　　　　　　　　© 不道德索引

司與客戶，分眾經營的開放式性關係。如同小紅書上中國網紅說的，所有經營，都是套路。

　　ξ′ω＊3 正在謄寫公司新的補助案申請，其實只要填滿三十張 A4 就可以拿到這筆錢，她只是這個金錢遊戲裡，小小的一個帳號而已，在這樣的世界裡，少了一個帳號也沒差，即便如此，她仍以過去操刀無數爆紅社群的、某種榮譽感，在這場遊戲裡開分身，詳盡地寫新年度該公部門社群帳號的 Rebranding 與行銷策略，其實，何必抵制什麼側翼呢，反正誰也不清白，就算是凡人如她，也想要起飛一次。

　　整個雲端那麼大，她哪裡也去不了。

您的糖寶
已上線

——阿姨，我不想努力了

——求包養

——請斗內我

（ㄇ・ㅗ・）河道上的語言迷因增生出網路黑洞的無限，然她是真正能開得起這個玩笑的一分子。

只是，以情緒勞動與戀愛模擬換取月入五至十萬，住在郊區的大別墅裡吃歐式早餐，坐在瑪莎拉蒂上享受逝去的風與時間，上述言情小說式的包養情節，她從不敢想像。

二十八歲的（ㄇ・ㅗ・）在糖爹網站上顯示為現齡二十歲，她有一副稚嫩娃娃臉，雲端上的小臉萌眼頭貼暗示：無主，可寵。

九成的糖爹，喜歡稚嫩的女孩，他們喜歡像打扮洋娃娃一樣打扮（ㄇ・ㅗ・），穿上糖爹喜愛的高領毛衣赴約，在無法念出餐點名字的法式餐廳被餵食，微信準點早安晚安，二十四小時不離線的情人。

她有固定交往的男友，是那種會在推特廢言「阿姨我不想努力了」的男人，為了心安理得地不繳房租，他

　　　　　　　　　© 不道德索引

佯裝不知情女友與他人頻繁的訊息往來、無視她消失的透明時間。兩人的關係像果凍搖晃晃地躺在那裡，充滿不安定的甜蜜。

（ㄇ‧ㄥ）對首次約會尤其用心，她與糖爹是沒有契約的僱傭關係，要在其中建立「長期關係」並不容易，她並不想視此為打工，但多數是想尋求單次性交易的男人。（ㄇ‧ㄥ）渴望有人了解戀人服務的專業，令人失望的是多數約會都約在摩鐵。

她對每個糖爹付出均等的愛，為他們吹出戀愛的幻想泡泡，電棒燙捲出浪漫大捲，抹上甜膩水果氣息的香水，平底娃娃鞋，可愛裝備上膛，變裝完成。（ㄇ‧ㄥ）也認識幾個和自己的一樣的人，她們並非嚴選正妹，只是擅長付出曖昧、角色扮演──輕輕地為對方掏耳、按摩，適時地讓對方提包包拉椅子。熟知男人的妄想與戀愛腳本後，只要以技術與策略去延長在遊戲裡的戀愛時間，即能建構出完美的人設與腳本。

她通常是每個公事機最常撥號的號碼。男人們透過微信，傳給與女兒年紀相差不遠的對象：「吃飽了嗎」、「想我嗎」、「天氣冷了要多穿一點唷」，實踐他們少年一般純情的心。（ㄇ‧ㄥ）交手過的男人有著大同小異的故事版本，他們厭棄更年期的妻子，同時有著不被妻女靠近的寂寞。每當他匯款進來，就像是一種呼救：「好想有人愛我。」

工商社會，付費使用愛情，（ㄇ‧ㄥ）深信銀貨兩訖。他們相約在每個星期三的午後，以戀人的步伐前進，逛誠品逛百貨，喝完精品咖啡，他們像走回公寓一樣開進

摩鐵，以相愛的指尖勾勒床單，平日僅需負責溫暖的訊息伺候。換算下來，大約是時薪一千到兩千元不等的打工。這樣的對象多是中小企業老闆、連鎖店主廚，他們刻苦地熬過台灣各種金融的崩盤與起飛，養育糖寶，以社會中堅之姿，提升國民女性的資質。那也好像是一個個候選人公車廣告，拉著妻女一同入鏡的具象化，作為被社會認可的男性，我可以養更多的女兒。

在這些糖爹眼中，（ฅ•ฅ）是永恆的二十歲，脆弱且不知世故，因為某種殘酷的現實原因無法繼續念大學。他們願意掏出更多錢，宛如持續一種有目的的慈善，援助女大生完成學業，同時完成被愛的渴望。

（ฅ•ฅ）是一名極為平凡的上班族，在廣告公司寫文案，她背負學貸，還有男友課金刷下的信用卡帳單，以及每個月需要支付的諮商費用。為了治療精神疾病去找糖爹，為了安慰親密關係的混淆與受挫去治療精神疾病──這樣的故事，似乎並沒有比她虛構出來的人設更有張力。

客戶中也不乏高知識分子，矽谷回來的工程師、在百大企業上班的高層、參與政商高級俱樂部的醫師律師，這些人偏愛調教遊戲，衣服、包包、妝容，每個細節都在打磨出他們理想的女性模樣，像社會規則教條如何規訓他們的一樣。這些男人懼怕真實的親密關係，他們需要被臣服，被仰望，他們信任金錢，購買來的產品，可以退貨，可以升級。她任憑年輕有錢的男子在自己身體上實踐權力，因為那也是一種等價交換。當她掌握他

行使權力的方式，她便也能權力他的權力。

　　糖爹與糖寶的關係是即可拋的免洗餐具，交換一段時間的戀愛感與安全感，一旦沒有回訊息，甚至不用謊稱「我要去洗澡了」，雙方即可安全下莊。

　　定期去打皮秒與肉毒，不時添入可愛的洋裝，頻頻傳送女友訊息給糖爹。「接下來，也要為了可愛而努力哦。」(ㅅ•ᴗ•)笑著對鏡子說。赴約前，她精心地打扮著自己，像是校正錯植的螺絲釘一樣，精密調整臉上的表情。(ㅅ•ᴗ•)本來也不是重視物質生活的女人，而是在「提升自己的外貌資本」以換得糖爹的有價回饋這條路上，漸漸被美麗所支配。

　　「美貌支配了我，我支配了他，沒什麼不公平。」(ㅅ•ᴗ•)在封鎖一個糖爹長輩圖等級的連環轟炸視窗後，暗自對自己說。

代理滿足

　　「我喝無酒精的海尼根，豪飲零熱量可樂，吃豆腐做的漢堡，像是禁欲一樣，做瑜伽取代性行為，用頌缽覆蓋搖滾樂。失去了所有具備殺傷力的事物，是不是就能成為一個健康的人？」ハ。｡ハ說話時一邊咀嚼著珍奶，一邊傳給健身教練自己今晚的低 GI 晚餐。

　　「妳這樣有用嗎？而且是怎樣，珍奶一起拍進去啊。」

　　「如何界定有用？」ハ。｡ハ捏起腹部的一團軟肉，在每週的核心訓練下，她仍像那團肉，是個搖擺不定的人。

　　「去健身房啊！妳都花大錢了。」

　　她搖手指比出「No」的手勢，「妳覺得我是去減肥？我是去覓食的好嗎。」

　　「什麼？」

　　「這個體格，不錯吧？」ハ。｡ハ出示教練 LINE 大頭貼裡對著鏡子的自拍，陽光露齒笑，無上身衣物，肌肉塗油，集成各種肌肉學名，交友軟體滿山滿谷的那種照片。

「妳跟他做了？」

「妳覺得我是二話不說先做再說嗎，滿腦子都是性欲，我是那種……柏拉圖，懂嗎？我只是想要有個穩定聊天的對象。」每日三餐的食物照問候，只要持續付月費，健身教練的關心永遠不會背叛妳。

「我不算嗎？」

「誰要跟朋友三餐聊天啊，我需要吸收的是費洛蒙，他每天關心我吃什麼，鼓勵我吃得很好哦、吃得很正確之類的，連我媽都只會嫌棄我吃東西的樣子……休假時他問我做了什麼事、有沒有去戶外運動，推薦我最近的攀岩場……而且每週教練課，他就是一對一的、專注看著我一人，想想看有什麼機會，可以有這樣的天菜，看著這樣的我？」∧。。∧自厭至極，她又以兩隻手比出自己身體的寬度。

「嗯……但某種程度上也雷同於買春呢，不如認真找個伴。」

「妳以為男朋友是認真看完《換乘戀愛》年下男就會突然出現在枕邊跟妳睡一輩子嗎，古有云，只要天時地利人和，每一個男人都會出軌，交往，等於承擔著對方總有一天會出軌這件事，而且我跟妳說，不請自來的，通常最後讓我花的錢都比教練課還多啦。」

「您這是在炫富嗎？」我想起在我們一起任職過的那間公司，同事們曾討論∧。。∧是否是富二代，感覺總是在包養比自己年輕的男人。

「我不能炫腹只好炫富啊……」∧。。∧如果是富二代，就不需要在下班後還去兼任家教，為了一小時五百

塊的時薪任憑恐龍家長指使自己，但也因為如此，她比同年齡人都更快存到一桶金，因為美貌與階級帶來的相對剝奪感，∧。。∧喜歡上消費隨之而來的確實。

「妳為什麼要一直貶低自己啊？」

「妳才政治不正確，我只是陳述我的身形，妳覺得我在貶低自己，那是妳的觀點在貶低我的陳述喔。」

我使出一個白眼。

「妳們這種胖一兩公斤就哭爸自己好重喔的瘦肉精不懂啦，身為胖子行走江湖還不自帶幽默感，可是會被萬箭穿心的啊！歐某，教練回傳我了。」

　　她炫耀教練回傳的愛心兔兔貼圖，沉浸於兩人曖昧的關係，這個時代健身房經營的不是身材，而是粉紅經濟。

「而且，妳以為我真的需要戀愛嗎？隨便一個戀愛實境秀都比我的人生精彩。韓劇男主角一樣的忠犬人設，他們吵架、嫉妒、假裝和解，幻想出所有戀愛泡泡，然後再親手戳破那個謊言。」

「妳喜歡的是哪個部分？」

「忠犬的部分。沒差啦！我沒談的那場戀愛，未來的韓劇都會幫我談。」

「唉好啦好啦，妳不要再喝了，第二杯了，我從來沒想過我要勸的不是酒是珍奶。」

「妳以為我是想喝珍奶而喝珍奶嗎？我是為了去健身房而喝珍奶的啊傻子！」

「這樣一廂情願有什麼意義。」

© 不道德索引

「沒慧根，無法修行啊！我們可是兩情相悅，只要我缺席一堂課，教練就心急如焚，深怕我去別家健身房，每週上課前一天都會提醒我要來唷、不要放棄唷、明天能見到妳嗎，比我家的狗還渴望我出現。」

　　「喔喔喔是哦，所以妳多久沒從事性行為了？」

　　∧。.。∧回禮我一個中指。

　　人類不需要三心二意的戀人，只需要在這個當下，忠實注目自己的小狗。喝無酒精的海尼根，豪飲零熱量可樂，吃豆腐做的漢堡，談一場你永遠不可能傷害我的愛情。

　　∧。.。∧邊眨眼，邊分享螢幕上情趣用品網站的新品：「這是一個什麼都能代理滿足的時代，唯有珍奶不行。」與其找一個眼觀四方的男朋友，不如找一個一對一訓練時專心注目自己的健身教練。如同西蒙波娃那句話：「唯有你也想見我的時候，我們的見面才有意義。」

　　西蒙波娃可知七十年後的女人，以此作為寬鬆關係的聖經，她們受夠了劈腿、情欲流動，發誓，她們也不要做誰的女朋友，直到她們在說好的開放式關係裡，再次沉船。

　　而∧。.。∧又是否知道，西蒙波娃寫下這封情書時，身邊是沙特，但她筆跡停在：致我的情人，艾格林。她對每個人的愛，都是千真萬確。既不是沙特的女人，也不是艾格林的女人，在愛的宇宙裡，他們擁有無限情敵，∧。.。∧也是。

給嬰兒
的微波食品

晚上七點，♂_♂與先生在差不多的時間抵達家裡，左手拎著 7-11 的微波食品，右手抱著九個月大的嬰兒。

先生比♂_♂早一步到家，盥洗以後在收看電視台的政論節目。他關注著美國總統大選的得票率。然而，儘管♂_♂此刻的狀況沒有比賀錦麗嚴竣，也好不到哪裡去——寶寶吐奶了。♂_♂趕緊把皮蛋瘦肉粥與番茄肉醬義大利麵放在玄關，將寶寶帶進浴室，幫他換上一件新的包屁衣，順便換尿布。

♂_♂將寶寶放在保護墊上，去把皮蛋瘦肉粥微波加熱，放進他的碗裡吹涼。

♂_♂用不耐煩的語氣叫喚先生自己去熱義大利麵來吃。你沒看到我在忙嗎？

他用不耐煩的語氣回禮她。又沒人叫妳去買晚餐。

沒人叫她結婚，沒人要她買晚餐，沒人要她生了孩子仍堅持去上班。

寶寶四個月大，終於排到托嬰中心時，♂_♂像是從戰場中被解放的士兵那樣雀躍。接到公公的電話，他叼

© 不道德索引

念了 ♂_♂ 一個小時。怎麼才四個月就給人家帶，現在虐嬰新聞這麼多妳捨得喔？小孩子沒喝母奶已經很那個了……唉，不說了，你們年輕人決定就好。

這事，他為什麼不打電話給同一時刻在旁邊呼呼大睡的親生兒子呢？♂_♂ 按捺住頂嘴的衝動。人們以為請育嬰假，代表不用上班，不，♂_♂ 是進了另一個下不了班的公司，寶寶跟先生都是她的老闆。

請育嬰假時，先生回來沒看到晚餐明顯的不開心。我一整天這麼忙，回來肚子餓了還要等外送的時間，妳在家就不能處理一下嗎。

因為他從沒在小孩半夜哭鬧時醒來，只在孩子出生兩個月時幫忙洗過兩次澡。他不知道媽媽的一天是這樣的：一天要餵四次奶，換七、八次尿布，哄睡三至五次，每次哄睡要站著搖二十分鐘。等到孩子好不容易睡著，得趕緊去把早上丟進去洗衣機的包屁衣晾起來。還得掐著時間做副食品。晚上睡覺時，寶寶會哭，從此 ♂_♂ 再也沒有睡過夜。

他還沒吃晚餐，♂_♂ 也還沒吃午餐。

那是一個家的日常風景，先生剛到家，♂_♂ 才喘一口氣，卻因為來不及叫晚餐，承受著先生的冷淡，那彷彿也是一種無形的抱怨。她想起，先生在月子中心時曾經開玩笑說，月子餐我也要吃一半，我也有出錢呢。月子中心的錢，先生出了三分之二，當時，先生說沒有關係、他賺的多一點。享有先生贊助的床與飯、專人服務，一整個月，♂_♂ 都覺得自己比生產當下還煎熬。

從此♂_♀總會備好晚餐，那變成另一份隱形的工作。本來說好的，誰有空誰處理三餐，卻默默成為她的責任。現實感逼得她成為一個齒輪，時時能切換為「Auto媽咪」模式，沒人做的就自動補位，難道這就是人說的母愛內建？不，做著這些事時，♂_♀帶著更多完成代辦事項的心情，像是在公司好好表現，期待年末考核時主管給自己打上好的考績，那種心情。公公，婆婆，爸爸，媽媽，先生，他們都是為她打考績的人。雖然先生也常抱怨，他為什麼要一直看她臉色做事？他說她比自己的老闆還更常給他臉色看，但若不使臉色的話，他就不動如山。

　　灰頭土臉的日子，將♂_♀一張悉心保養的臉磨成了黃臉婆。她每月花錢做黃金保溼導入、撥筋按摩、玻尿酸、淨膚雷射，♂_♀曾經納悶，為什麼那些美容服務，都將做臉比喻為「買課程」，今年，她購入了十堂課，十堂優惠七五折。嘗試著歐式臉部撥筋、耳燭SPA饗宴、好萊塢逆齡精萃保養，那些「課程」，彷彿使她住進另一種生命裡，在芳香馥郁的SPA室裡，玻尿酸與微晶瓷還原她的澎潤彈性，清粉刺與去角質使她重新亮白，她仍沒能學會如何擁有潔白無瑕的愛。

　　母親曾不開心♂_♀給寶寶吃微波食品，於是寄來幾次冷凍副食品過。其實，♂_♀也做過好一陣子的副食品，將各種原型食物煮熟、用食物攪拌機混合、分量盛裝、放進冷凍櫃。但當白天要上班，晚上打理好寶寶、將自己洗好澡後，眼看著指針指向十二點，她像一顆消了氣

064　　　　　　　　　　　　　　© 不道德索引

的氣球，再無能給寶寶親自料理的食物與愛。

　　她也不想給寶寶吃微波食品，但是她真的無能為力。她無能再成為一個更好的媽媽了。因為她的公司離托嬰中心比較近，自然地，接送寶寶也成為♂_♀的工作，因為要接送寶寶上下課，她得五點半就起床。

　　雖然不知道這些家務分配是怎麼自然形成的，但當♂_♀與公司同事一起午餐時，大她一輪的姐姐們聽到她說：「我們家的家事是要分配，先生假日會丟垃圾、洗衣服、摺衣服、掃廁所。」她們露出羨慕的表情，一邊怨嘆老公廢如巨嬰，一邊稱讚♂_♀嫁了一個好老公。

　　結婚時，為了不想成為「被買進」的媳婦，♂_♀堅持不要聘金，不走禮俗，甚至沒合八字。不過，她仍然像是附屬的，結婚三年多，公婆仍不知道她在什麼公司上班，不知道她對甲殼類過敏，公婆與她聊天時，只會聊他們的兒子跟孫子。

　　對他們視線的在意，偶爾可以在靠北公婆中得到紓解，但「寶寶」這位老闆不一樣，當她因為不夠留意，害他尿布包太久、起了尿布疹、洗澡時因疼痛哭鬧不已時，♂_♀的內疚感油然而生，像是犯了錯害公司賠了一百萬的案子，那樣的抱歉。

　　因為托嬰中心病毒流傳率快，寶寶五個月間將所有流行病毒都集點完成，婆婆帶著益生菌來看寶寶，用心疼的語氣說，唉，這麼小就去托嬰，可憐哦。但是，退休的公婆也不願意幫他們帶孩子。

　　他們總是挑兒子不在場的時候說長道短，對♂_♀育兒的方法指手畫腳。♂_♀很不甘心，究竟是老是要♂_♀

當傳聲筒向先生傳遞聖旨的公婆，難道有資格稱自己為模範父母、對她這樣挑三揀四嗎？

　　♂_♀ 仍然得去上班，不僅因為自我實現想去上班，也因為與先生 AA 的房租與車貸。

　　微波爐傳來「叮」的提醒聲，寶寶的皮蛋瘦肉粥還沒涼，先生吃完了他的義大利麵，打開一罐啤酒。一邊喊著世界真是沒救了，一邊將電視台切換到棒球比賽的畫面。

　　水槽裡有托嬰中心帶回來的奶瓶，洗衣籃裡有托嬰中心帶回來的睡袋，滿地都是孩子的玩具。他甚至沒有微波 ♂_♀ 的那份義大利麵。♂_♀ 一邊餵食寶寶吃飯，一邊厭倦著自己，當初為什麼堅持不合八字呢。

　　他的一天即將結束，而她的一天即將開始。
　　他說的對，世界真是沒救了。

適合清潔
的好天氣

這天，是適合入厝的好天氣。

我帶著一支紅酒慶祝赴約，入住的新婚夫婦開啟大門時，落地窗的光落在他們潔白襯衫的肩膀上，裝潢後木質調的室內設計有著夫婦沉穩溫暖的性格。我欣賞他們的潔淨，潔淨發光的事物總是吸引著我。

說不上有潔癖，我只是喜歡擦拭物品。每個早晨，由擦拭鏡子、刷牙與盥洗啟動，夜晚以擦拭手機螢幕、確認鬧鐘結束，仰賴整潔，秩序，規律，組織起生活的模樣。每個星期日是打掃日，在八坪大的小套房裡，磁磚縫裡總是有尾隨高跟鞋回來的灰塵，有時還會有小石粒，貼著壁紙的中空隔版偶爾可以聽到邊間做愛的聲音，由於近山，衛浴間的牆壁經常生出黑炭菌斑。我不斷地擦拭裡裡外外，以抹布抹除玄關的灰塵，用指尖檢視床緣的純潔，不放過任何一處隙縫。每當地板因為抹布呼嚕唰過，顯現灰塵與無垢的界線，我便因為這份明朗感到踏實。

癖性養成視線如針，能一眼掃瞄出屋裡的不潔。每每交屋前，主管會請我前往視察一遍，看看物件是否磚

瓦健全、傢俱如新，我習慣戴著白手套，撫摸物件裡的每一寸肌膚，從門框到衣櫃、從天花板到椅腳，確保裡外安好。雖然說不上是業內頂尖，但我親力親為的習慣，也獲得了穩定口碑，無論是內部的行銷策略或外部的銷售溝通，我都恰如其分地扮演讓人信任的角色。

這份生活是我所追求的——對於能夠擁有一張名片感到安心，與眾人一起站在店門口做早操、信心喊話，得到我是社會一分子的確信感。從年輕時，我就與時下的女孩子差不多，追求當季流行的唇膏顏色，燙著乖巧不張揚的捲髮，與交友軟體的人出來見面時，偶爾也會細心畫上濃妝，穿上不符合我個性的短裙。

賣房子這個工作，我從出社會做到人稱大齡女子的年紀，從小小的行政起步至今，公司新進的職員也會喊我一聲姐。這幾年地炒得很凶，我一面看顧別人的房，一面簽核老家的都更同意書。小時候住過一棟位於公路旁的矮房子，當時公路尚未建成，二十年後政府說那算公有地，能拿回來的補貼並不多。汰舊換新的大樓一直在蓋，我經手許多都更後轉生的預售屋，那天，竹北的地來到一坪七十，我的存款還不及這島上的一坪地。

每個新家都是我的渴望。沒了房子，父親託付給養老中心後，自此就沒有能回去的地方。每個月去探訪父親，醫院風格的雙人房放進了家用衣架、衣櫃、便盆與尿桶藏匿床底，房裡飄散著一股死老鼠的味道，來自兩個老人的體味相伴與糾纏。父親仍能睜開眼，每次看我的無助眼神，像是一種憎恨。我憎恨自己的無情，同時感激那份冷淡，如果不是都更案房子收購得早，恐怕得

068

與無法行動也沒人搭理的父親生活更久。

童年裡，父親每每到來，母親都會準備豬腳，父親教我摺出安放豬腳骨頭與魚刺的傳單小房子，父親不在時，我獨自摺著一個個小房子，那些傳單大抵來自母親帶回來的外送 Menu。至今，我還保持這個習慣，雖然已經不用發傳單站馬路，但我仍喜愛廣告紙的油味，我會悉心觸摸傳單上那些「絕版禮遇：渡假村休閒名宅」、「離捷運站只要六分鐘，尋找家的幸福」輸出文案，好像，幸福就在指尖之下。

下班時，摺起一間小房子，打卡般的儀式感。正當我摺著小房子，以指腹推壓、完成密實線條的動作時，主管前來、揉著我的肩膀說：「親愛的，這件棘手的，就交給妳了喔。」比起預售屋，現賣的成屋更難，我看這棟位於蛋黃區的底價，想著與自己同年齡的人，有多少人可以買下手呢？確實在我的同輩裡，早已有幾位在聯電、台積電工作的同學，後來轉職創業，做藝廊老闆或古董商，或是在山坡地蓋起網紅打卡的玻璃屋，他們已經賺夠了錢，轉而追求生活品味，而我，再領三輩子的薪水，或許也買不起一間預售屋。

販售全新的物件時，我將客戶瞄準在新婚族，新婚族對物件很講究，也抱有共同持有一份生活的決心，在軟綿綿的甜蜜上見縫插針，物件成交率會更高。由於近期手邊有三組正在詢問物件的新人，我對今年業績算是挺有把握。

已經想好這個物件的販售策略，我撐起自己因為太常假笑而長滿魚尾紋的笑眼：「沒問題，老大，今天要

順便整理一下桌面嗎？」

「我不是告訴妳別費這個心思，還是妳要跟我一起出去吃個晚飯？」

「老大，我還要整理一下對面最近刊登的新物件。」

主管渾圓的啤酒肚頂到了我的手臂，我巧妙地後移了一些，仰望著主管。我很習慣這樣的位置，男人站著對我說話，視線落於男人的生殖器附近，他們很習於這樣的相對位置。我對於陰莖的逼近毫無感受，早些時光，我替中風的父親洗澡、如廁，父親躺在冷色的床單上，陰莖萎縮成一隻無力的小蟲，蜷曲的四肢皆脫了皮，白屑爬滿床單。軀體再如何雄偉過，也將羸弱地抽不出一條皮帶，所有暴行都將止於病。因為見過了軟弱的男人，我不再畏懼比自己擁有更多權力的男人，我早明白如何交換。當我有禮地拒絕主管的晚餐，主管便能明白我的意思。

我的身體，很久沒有感覺到性欲，那種像小蟲子爬進體內的搔癢，那種如經期來時胸部脹痛的鼓譟……生之欲望，像洪荒一樣沖刷走身體的渴望。一旦需要考量下個月的生活費、父親的醫療費用，我的身體很自然地沉默下來，就連跟隨我已久的經痛也不藥而癒。經期來時，我的子宮沒有喧鬧，安安靜靜的，下體流著稀薄的血，血跟隨淋浴流下，在排水孔與落髮一起打轉。

幾年來，我滿腦子只想賺錢，老家賣掉的錢，用來添置父母的一對塔位，那幾乎可以用來作為一間小套房的頭期款，但我記得母親的托夢，她說，要和父親住在能看山望海的地方，就連死後，她也掛心父親勝於我。

070

父母將同住於能眺望海景的山林間，整座靈骨塔恆常有霧，像是浮在天際的小島。母親喜愛海，而父親喜愛山，他們是在登山社認識的，那些山友，多半是父親做生意往來的對象。

在那間只有我們倆的老房子裡，她對著脫漆的窗框，幻想環遊世界。等父親死了，他們就能在這個比一層樓還貴的山間，眺望森林與海。

我並不打算生小孩，也沒想過與誰死在同一塔位裡，我不想成為像母親那樣的人。既然已經活到了母親生下我的年紀，我也大概懂了她當時的心情，因此，我更喜歡佛系的關係，能自己一人完成的 CP 值比較高，性或愛都是。我同所有該年歲的女人一樣，談了幾場稱不上體面的戀愛，所有關係都將遭生存磨損，並不特別。反而，我期待著每個月，為自己身體約定下的「修復日」。

那天如往常，處理好所有物件的資料後，前往「修復日」。一路上心思輕盈，我即便腳踩高跟鞋，仍然能輕盈踩過紛飛的塑膠花袋、跳躍過水溝蓋上爬行的蟑螂、跨越市區坑坑疤疤的馬路。

在大樓林立的巷弄間，有間小店亮著檳榔攤風格的LED 燈，玻璃門黏貼價目表與服務項目，店裡的女人散漫揮舞著蒼蠅拍。我熟練地一屁股坐在老舊的沙發椅。坐在沙發椅上的女人們，一腳踩上地面鋪好的政治新聞報紙，報紙上爬滿白色皮屑與沙子大小的黑灰雜質。看到不潔被剔除，我的心裡有種痛快。我喜歡做指甲，享

受他人磨細指緣的死皮、拔除不快的倒刺，從手指到腳趾，裡裡外外地清潔溝槽、指縫。平常縫裡藏著許多髒汙，一下子被挑別出來。我偶爾也在這間店做假睫毛，好在有層出不窮的假睫毛款式：3D、6D、9D，山茶花睫毛、日式接睫毛⋯⋯，讓我能一次次地獎勵、欣賞自己。痛快買下一萬元儲值金、累點更划算，這似乎就是社畜的喜悅。

　　大多來這裡的回頭客，都是三十五歲以上，一旦到了這個年紀，比起男人愛撫的手指，做指甲、做美睫、做 SPA 的指法更到位。

　　這間店的美容師都是越南人，比起台灣人，我更愛給越南人做，越南人不會像台灣人這樣上上下下、裡裡外外打量著，低頭就是磨，手法很柔，手勁細膩，像在呵護什麼了不起的東西。每當我的指甲被冰涼的色料給覆蓋，便想起小時候母親給自己塗指甲油的時光。母親總在晚間梳妝打扮，那時我們會彼此塗口紅、畫腮紅、互相化妝的親密，或許是我們唯獨寵愛過彼此的記憶。但時間總是很短，母親很快就要去上夜班了，母親隨心塗抹超過指甲邊界的指甲油，漫不經心地在我的童年裡逾越著。我在母親關門後獨自玩著塗指甲油的遊戲，嗅聞指甲油化學的氣味，直至凌晨的魚肚白刷亮了天色，我會跟隨窗戶闖進、攀爬在磨石子地板的一束光走回臥房，躲回棉被間半瞇著眼，觀察房間裡光影的流動，安靜地等待著，像午休怕被導師抓到沒有闔眼的學生。棉被的包覆就像水感冰涼的觸覺爬上指緣，電流一樣的酥麻，暗示著我是一個被疼愛的小孩。

ⓒ不道德索引

每當隔日需要與重要客戶見面，我就會前往修復。

「姐姐，今天要做腳皮修復嗎？」走過好幾間越南店，她們一律親暱地喊顧客姐姐。

「好啊。」我的音色十分精神，像是磨過的腳跟，在發亮。

身體陷進柔軟的沙發椅，紫色絨毛小板凳承受著雙足，越南籍美容師坐在腳邊，讓腳泡在溫熱的水裡，雙手搓揉角質，以許多道工法磨腳跟死皮，擦上精油。在我心裡，這堪稱二十一世紀最偉大的技藝——摩挲著腳趾與腳趾的隙縫，像撫摸一塊膽怯的生肉，挽留一道珍貴的光陰。

指甲披上精緻的戰袍，我在客戶面前自信地以鑲著精巧亮片的手指向玄關，「這邊玄關特別敞開一扇窗，比較少人會這樣去設計，但一回家就能感受到開闊的視線跟溫暖的光線，不是很好嗎？」

從艷夏曝晒的柏油路面進入大樓，再步入 B 棟十四樓，同行的男女因為我早開好了冷氣鬆一口氣。他們對我的提問，沒有點頭也沒有回應，只是打量著物件裡的細節。

女人首先來到客廳，坐在沙發上，抬起頭看著物件裡的燈具，視線落在一件件傢俱之上。我一眼就看出她是首購族，只有首購族在樣品屋裡，會精心打量傢俱擺設。但男人就不同了，他先是摸索屋內的電路牽線、夾板材質、門窗密閉性，又低下身觸摸地面磁磚，放了一顆小彈珠，看看彈珠是否滾動。

「先生很專業，我們地面做得很紮實，你也可以敲敲看地板，你們聽，這個聲音低沉，完全沒有回聲。」

　　男人伸手進褲子口袋，拿出打火機準備敲擊地板時，菸盒掉了出來。我辨認出那是父親抽的紅Mar。我蹲下撿起，將菸盒還給男人。

　　「抽菸的話，陽台很方便。這個陽台格局做得大一些，很多小家庭都有晾衣服的困擾，如果是這種陽台，就不太有潮溼問題，對流好，衣服也乾得快。」

　　「寶，這面落地窗我很喜歡耶。」女人拉著男人的袖口靠近陽台，小聲地說。

　　男人沒有回應。逕自走向其中一房，儘管他毫無刁難，但神色嚴肅，我直覺這是喜歡砍價的客人，這間開價三千，底價二五，但最好是二七總價賣出去。

　　「這個房間雖然小了點，但是整個格局很好耶，以後我們有寶寶，另外一間也滿大的，可以住到他長大。」

　　我很快就懂了，要賣出這間房子，要討好的人不是男人。我便與女人一起勾勒這間房子的未來：「是啊，我們的物件是為理想家庭樣貌打造，妳可以看到廁所地面跟浴缸都有防滑設計，住到兩位變成老先生老太太都沒問題。」語言的勾勒，像是魔術，點亮了女人的雙眼，童話的馬車已經出發。

　　「這裡可以養狗嗎？」

　　「當然可以，這裡已經入住的住戶，養貓養狗的都有，前庭也有草地。」

　　「不過……不會有蟑螂老鼠之類的吧？」

　　「老鼠是不可能的，基本上管線都是新的，垃圾每

074

天處理就好，地下室就有倒垃圾的地方，我倒是沒聽過買家跟我反應。」

女人第一次觸摸屋子裡的東西，是床緣，她似乎十分喜愛床單的質地，撫摸了好幾回。我看見了，她也有與我一樣悉心呵護的彩繪指甲，我不禁暗自竊笑，因為我非常清楚重視指甲的人，需要的是什麼。

即便至今還是租屋族，我已經為超過一百組客人挑選房子，其中有三成，是新婚尋找新居的新人，大抵新人們的渴望都是一般般，還沒到算計的年紀，買的是體面。我識房識人精準，只要與對方相談約十分鐘，就能知道對方的底價，我已經了解眼前這女人是個沒有底價的人，她或許沒吃過什麼苦，這間首購的屋子，極有可能是父母贊助的，她語氣裡的天真，體現出她還能受傷。

相較之下，男人神祕許多，但能從細節識得他的身世——他蓋印章的手有著粗糙的掌紋、脫皮的指緣，以及他那只經歷多年、金屬錶面略有刮痕的老錶，而他的白領泛黃，就像一個沒被照顧好的小男孩。女人則讓我想起了我從未謀面、只在父親手機螢幕底圖見過的，我的妹妹，她的身形扁平纖細，五官十分精緻，就像是生來應該受寵的模樣。

幾天後，女人傳來兔兔招手的 LINE 貼圖，她喊我一聲「姐姐」。我們很快養成了閨蜜的習性，一起去做指甲與做 SPA，一起挑選給男人的襯衫。就像我初次見她所認定的那樣，她生活在另一個我無法想像的世界。

起初，我帶她去常去的越南美甲店，看著她潔白柔嫩的皮膚，不自覺地收攏起自己的腳跟。女人也邀請我

去家族開設的 SPA 店，那是一間老牌連鎖店，這兩年轉型為日式按摩、目標瞄準年輕女性，從踏入門口就比照 Fine Dining 體驗，香氛、壁紙的質感、昏黃的燈光，一切鬆軟，往我的心底揉進了不知名的憧憬。

「三號在嗎？我想讓我姐姐試試我們店裡的王牌。」女人體貼地吩咐櫃檯，她是那種很會挽著別人的手的女人，被這樣的人挽手，會生出自己被喜愛的錯覺。

成年後的友情是這樣的，在一間房間裡做過按摩的女人們，將裸身坦承，以八卦和碎嘴作為友情忠貞的保障，但我與她卻不是。我只是聽她說話，聽她去過的國家，因為疫情股票的損失，近期關注的精品，或是她父親有多不喜愛自己的丈夫。我散漫地回覆「好好喔」、「好漂亮」、「好可惜」這樣的話。在一個如此完美的女人面前，我失去了話語權。

第一次察覺那顆下唇始終不能痊癒的破洞，就是從這裡開始的。我用舌尖抵弄破洞，極力想探索一些什麼。我如此沉默，成為她的聽眾，不知道究竟是我在美麗的事物前失聲，或者是我下唇間不斷擴張的破洞使然。女人不許我結帳，我的推拉在她的慷慨面前，顯得過於寒酸。真是的，差點狠下心，付費五萬成為這裡的 VIP 會員，只是當我翻找信用卡，一時不留心，把長夾裡全聯福利中心的集點貼紙給抖落出來，信用卡和集點貼紙一起落在桌面，像被人看穿了不實，怕被人發現自己也只是攥著福利點數的女人，我趕緊收走了信用卡與點數。

這天，是適合入厝的好天氣。

我帶著一支紅酒慶祝赴約，入住的新婚夫婦開啟大門時，他們以一桌精緻小點迎接我的到來，來自新駐點於信義區排隊名店的馬卡龍，像嬰兒一樣散發奶味與純真，躺在鵝黃色瓷盤，莓果馥郁的氣味從花紋細膩的熱茶杯裡飄散出來。

　　我一走進來，就看見陽台掛上他們平日起居的衣物、內褲、成雙成對的襪子，感覺到襯衫用心甩過的無痕，襪子按照顏色懸掛也成了一道可愛風景。我幻想著，他們在這裡一起刷牙、食用早餐、決定家務的分工，就像是日劇裡的新婚夫婦一樣，晨起時他們會用腳趾摸索對方的小腿肚，夜晚則像微醺緩慢的歐洲電影，這裡的格局，很適合從沙發一路吻到主臥。

　　男人邀請我，坐在他們鬆軟的沙發上，這個沙發的型號，我認得。我常翻閱這些進口傢俱的 DM，熟記每種沙發、椅子、衣櫃的型號，商人命名每種傢俱，讓傢俱在某人的記憶裡有了生命，Château、Rêve、Belle Époque，每件傢俱都有好聽且念不出來的法國名字，那也是它們的名片。

　　「姐姐，謝謝妳參加我們的好日子，我沒什麼朋友，要不是妳，搬進來的這段時間，我一定會崩潰。」女人一面轉動開瓶器。

　　「我哪有幫什麼啊，來，我來開。」我接手過紅酒與開瓶器。

　　「妳不只會挑房子，還很有挑傢俱的品味，實說妳幫忙我們直接找代理商省了很多事，連這個紅酒都是我超愛喝的！」

女人帶著一盤切好的水果坐下，我吃了一口蘋果片，浸泡過鹽水的鹹甜滋味刺激著我舌頭底下的一顆破洞，這嘴破已經糾纏我半個月之久，我習以為常口腔裡的破洞，慣性以舌頭玩弄傷口，明知這樣傷口會好得更慢，仍忍不住反覆在傷口上滑動抵觸。

　　我看著女人，失神以致一滴紅酒不小心潑灑在地毯上，女人露出了驚恐的神色。懸掛在紅酒瓶上寫著「喬遷誌喜，闔府平安」的小卡片，被一片紅暈染開來。紅酒踰矩地試探地毯的吸水力，地毯背面的標價吊牌還狠狠地掛著那，顯示一份昂貴的生活。

　　我驚慌地收拾一切，仍維持體面。

　　是啊，這個房子裡的一切，都是我們想要的。她向我介紹手工編織的地毯、掛在玄關的畫作、馬克杯的品牌、電視與冷氣的尺寸，她迫不及待向我展示著新的一切，如我曾對男人展示的那樣。

　　我在米蘭風格的傢俱坐擁間開啟紅酒，將紅酒緩緩注入三個玻璃杯，雖然不過下午三點，但我們喝得很愉快，女人再去切了一盤起司，感覺夜晚提早降臨。他們聊著看屋到買房的趣事，房子的樓層與地段，傢俱的品牌與價格，我保持靈活且老道的回應。

　　新房裡的沙發是 Belle Époque，結果他最後還是買了這個號稱小三人座、實際只能坐下兩人的沙發，原本我確信，他一定會買下 Rêve 這三人座轉角沙發床，這個沙發很大，主打「小家庭創造大格局」的文案，吸引了不少新婚夫婦訂購。

　　在許多下了班的晚上，我們上網看著各家 DM，描

繪一份未來的家庭生活——那也是個很深的夜，我已經摸透男人是怎樣的人，當時，他喝的就是這款紅酒，他的舌頭散發後勁，他的手在我嘴破的傷口裡來來回回，好像也觸摸到身體裡邊，看見父親在我身體留下的痕跡。那個瞬間，我們都是有家之人，有可以回去的地方。

他岳父所買下的這間房子，由我與他共同描摹，叮囑著室內設計、眼看傢俱一件件搬進來。我倆在夕陽沾染的落地窗下，錯認城市的霧霾為雲海，那時，我將頭埋進他的頸間，聞著他身上的氣息，我們都是因奔波與徒步，導致衣服會沾染城市廢氣的人。男人待過許多工地，所以他理解建材、能看穿一棟房子與一個人的結構。他是那種襯衫裡必定會穿汗衫的男人，那能提醒他，避免自己活得像父親——上半身老是打赤膊的藍領。

他交付給我，他所不能交付給妻子的東西，我知曉他每個謊言，再也沒有人比我更靠近這個男人，一起共有祕密，就不會是敵人。我們都是為房子服務，但買不起房的人。

離開他們的家時，我脫下軟毛毛的拖鞋，穿上高跟鞋的時候，感到自己龜裂的腳跟，「真實」一下子無所遁形地在皮革裡綻放開來。也澀，也疼。

回到自己的住處，隆起的壁紙暗室是一棟充斥壁癌的房子，但當我見到廚房與客廳交界擺設的吸塵器，依然愉悅。我最近參與了 LINE 官方嚴選舉辦的「簽到抽 Dyson 7 吸塵器」，每天都有抽獎機會，而我總是抽到美其名為五折券、實則為任何人都可以進入的賣場連結。儘管我的幸福模樣如此一般般，我還是想把五折想成專

{裡面的黑色}

利，只要持續正念、持續參與簽到抽獎，幸福就會到來。直到有一天，我抽中了一台吸塵器。

那天夜晚，在我租屋的小套房裡，他發揮著清潔的功能。他擦拭我的耐心比月圓還緩慢，只有理解每一處髒的質地，才能用正確的手法清理汙垢，在我陳年的卑怯往復擦拭，把我身上的灰塵揉成一團小巧精緻的、聚攏的惡意，他會不會發現呢，他心疼的都是自己。

我知道他會離開我，往後我度日的方法，即是晨昏往來與客戶之間，寬衣，雜食，嗜睡，清醒，嘔吐，裝束，如往常那樣。我會獨自坐在沒有沙發的房間裡，心疼給父母買塔位的錢，要是可以拿來買一間小套房也好。

我忍不住回應總是拋棄我的母親的需求。小學的每個假日，我幾乎都在鄰居家度過，因為我們的房子裡一個人也沒有，母親與父親相約去爬山，那時候登山社的男人們在假日爬山，去見自己的情婦，是妻子們都曉得的事。他們經歷過玉山的長征，真的老了，偶爾在苗栗山間露營漫步。只是，母親一生不曾與父親去海外旅行。母親的相簿都是兩人的合照，而父親的臉書，是與家人在米蘭、首爾、京都的合照，他們一家人穿著和服，在櫻花樹下，站成圓滿的樣子。我曾看見母親滑著那些照片，點了讚。

前幾天，是我最後一次去看父親了，父親死後，連同骨灰也將回歸於他的元配家庭。看來，塔位是白買了。要死不活的父親拖著殘破的病體簽下遺產轉移，我知道這個世界上並沒人要緊他的死亡，唯一在意的兩個女人都死了，我也同意未來父親火葬於彼方，將所有不幸歸

© 不道德索引

還。每月照料父親的不是元配的小女兒，而是我，他們拋棄了這個男人。僅有我，擦拭父親的胳肢窩、鼠蹊部、陰莖，我學習長照人員，手套上了醫療用手套，讓父親坐在便盆，手指刮弄父親的肛門，讓括約肌不靈敏的父親受到刺激，穢物如流水一般，隔著手套產生溫熱且黏稠的觸感。反覆著這樣的日子，直至父親斷氣。

　　男人依然在深夜離開，換下我為他準備的成套睡衣，穿上妻子買給他的襯衫。隔日，我獨自在房間裡醒來，天色亮得太早，昨天的黃昏像推不開的瘀血，濃濃澀澀，襯衫在洗衣機裡捲了一夜，忘記脫水的襯衫衣角，不乾不淨的厚重氣味，像被人打了一頭悶棍，昏昏暗暗，等在那裡。

　　如同每個假日，著手掃地、拖地、晒被，再用白色的床單抖落房間的陰天，補償屋子的匱乏。我喜歡吸塵器往復，來回一遍，吸走暗沉的記憶，我用水刷亮磁磚隙縫，用水攪和縮水衣物，讓房子恢復為明亮嶄新的模樣，陽光馨香的泡沫在樓層間發酵，蓬鬆，漫漶，屋內飄散著清潔劑的氣味。漂白水浸泡過的馬桶偽裝成一手的樣子，縫垢沒了會再生，但暫時五官得體，舉止方正。我極力抹擦生活痕跡犯下的毛髮與指紋。拖出洗衣機裡的襯衫，襯衫與襯衫纏繞，親愛難分，像喜歡一個人到了底，只剩不甘心，沒有不痛快。這件我買給他的襯衫，扣子掉了一顆，他始終不知道。

　　依序攤開洗衣機內的其他衣物，讓它們舒張，平整，鬆開，撲簌撲簌落下人間的灰塵，讓它們高高掛在有風

的地方、幻想起飛的感覺，毛孔通風後，重新成為房子裡一件乾淨的衣服。我喜歡歸順在房子裡面，繼續為房子勞動，繼續清潔骯髒的痕跡。清潔洗刷乾乾淨淨以後，像是一個未曾被傷害過的人。

　　裸體站在鏡子前，重新把自己穿戴進那件過大的襯衫，衣角還掛著水，我也曾經想這樣住進一個人的身體裡面。

　　是真的，夕陽確實地在我們面前緩緩降落，只有擁抱彼此的時候，才能感覺黃昏是有顏色的。他脫下的那件襯衫，有口紅與髮絲的牽掛，穿上妻子買的西裝、打上妻子喜愛的領帶顏色，他即能脫離人們對他同情的視線，穿戴成岳父與妻子認同的模樣，出席應當的場合，成為理想的男子。

　　那天晚上，他離開新房到我這裡，我們來來回回，往復在充斥破損的房間裡旋轉，我們在塵蟎中漫舞，等待夜晚，等待開燈，不在乎能不能醒來。他反覆持續單純的動作，摳除、擦拭、呵氣、擦拭，直到我開始發亮。直到他的指頭都髒了，指甲縫也藏著難以刮除的黑垢。

　　我也想擁有潔白、明亮通透的大窗戶、晚風一般均勻的呼吸。男人與我一起在這間老是有壁癌的房子裡，用吸塵器，呼嚕一下子，吸走精密的塵蟎，精密的心思。

　　說不上有潔癖，我只是喜歡擦拭後，發光的物品，發光的日子。隔日早晨，由擦拭鏡子、刷牙盥洗啟動一日，夜晚以擦拭手機螢幕、確認鬧鐘結束一日。仰賴整潔，秩序，規律，組織起生活的模樣。

　　茶几上，整齊排放著傳單摺成的紙房子，今天，也是適合清潔的好天氣。

082

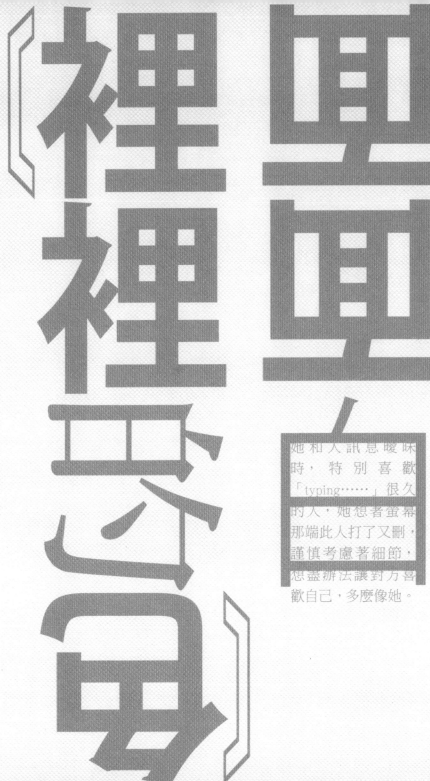

【裡裡聖聖恐男】

她和人訊息曖昧時，特別喜歡「typing……」很久的人，她想著螢幕那端此人打了又刪，謹慎考慮著細節，想盡辦法讓對方喜歡自己，多麼像她。

換桌
聯誼

ㄅㄨㄅ的下體發癢，那種癢就像皮下住著一團密密麻麻的螞蟻，她或抓或摳都止不了的癢。

診間裡，醫生問她，有頻繁的性行為嗎？有多重性伴侶嗎？有感染愛滋的風險嗎？

ㄅㄨㄅ在回答這些問題的時候，依然癢，她只希望醫生閉嘴速速給她一劑抗生素。

這季節性好發的私密處感染，就像是每換季必來的過敏，ㄅㄨㄅ嘗試過刮除陰毛、不穿內褲、使用女性私密沐浴乳，都無法阻止陰唇外圍的潰爛，癢到了盡頭，就會慢慢腐爛，ㄅㄨㄅ在睡覺時特別無法抑制自己的手指往陰唇外圍搔刮，她會聞聞手指的氣味，對於這種獨特的氣味感到好奇，像是腐朽的草蘚、過夜的雨水、死亡的魚。

她整夜失眠，在抓與不抓間，與癢對峙。

「有什麼辦法避免呢？」

「沒什麼辦法，女生一生有百分之七十五的機率至少會發生一次陰道黴菌感染，其中有百分之四十五的人會再度感染。」翻著她陰唇的醫生一邊這麼說。

這難以啟齒的病，ㄊㄨㄥ連與母親談都覺得羞恥，然而真正使她羞赧的不是下體長了黴，而是母親喊她老處女。母親頻頻為她安排聯誼，為了防止長輩圖轟炸，ㄊㄨㄥ偶爾會乖乖地去參加。

ㄊㄨㄥ帶著自己堆積著分泌物的沉重底褲去參加母親安排好的聯誼，底褲裡盡是黏稠的觸感，像是一雙不乾淨的手附著在她陰部。

那場聯誼很特別，一張桌子有一對椅子，現場擺滿二十張桌子，二十對男女在這裡頭，每隔十五分鐘就換一張椅子，大風吹一樣，吹，沒人要的人。

在這裡，男人繳納三千塊的聯誼費，求一個能幫自己顧媽媽帶小孩的配偶，或者說家傭；女人求一個有房有車有黑卡的男人，或者說 ATM。

第一個男人開頭就問介不介意跟公婆住，ㄊㄨㄥ說，這問題似乎問得有點早，男人問她對擇偶有什麼要求？ㄊㄨㄥ不耐煩地說，順眼，然後希望對方父母都死了。

男人對ㄊㄨㄥ很不順眼。第二個男人問ㄊㄨㄥ交過幾個男朋友，當他聽聞她是母胎單身時面露難色，是啊，這年頭四十歲都還沒戀愛，是一件別人都會替妳害臊的事。妳不是有什麼隱疾？他說自己需要生小孩，恐怕得與年輕一點的女性交往，祝她幸運。

ㄊㄨㄥ心想，喔，你要與年輕一點的卵子交往。這也難怪，這年頭一堆威脅女性卵子老化、催化女性助孕養卵的廣告。

©不道德索引

十八歲的處女，跟四十歲的處女，在男人的天秤上根本無需較量。

ㅎㅅㅎ看著對方侃侃而談的表情，無法停止不注意他露出的鼻毛。他這麼在意別人的卵子，怎麼絲毫不在意自己的儀容呢，她心想。此時，ㅎㅅㅎ唯一想要的快活，不是一個戀愛的夏天，僅是下體的梅雨季儘早結束。

那似乎可以挽救她作為女人的最後一絲尊嚴，擁有一副健康潔白的私密處，漂亮弧狀的陰唇。由於太常搜尋「私密處」關鍵字，社群動態牆一直推薦給她「白泡泡幼咪咪」、「告別尷尬異味」的私密處美白乳，甚至有廣告提倡養成私密處的「蜜桃肌」。醫美診所推薦給她陰道緊實、陰唇修整、私密處美白手術。

她以為自己要的只是完整去除下體黴菌而已，久之，好像也想得更多了。那些推薦廣告，反應著她的缺乏。是啊，廣告只會給你你沒有的東西，然後幻想你能成為，某一種社會認可的樣子。

這與聯誼的本質一樣。

轉到第七桌時，ㅎㅅㅎ對那些制式的問題感到乏善可陳，她納悶為什麼人們只用數字確認彼此，戶頭餘額、三圍、年薪、年紀、交往數量……。認識一個人，應該聊點垃圾，然後看看彼此對垃圾話的價值觀，看看彼此是否有一樣的幽默感。

ㅎㅅㅎ與對方分享一件趣聞。前陣子，她得知泰國開始流行起「陰莖美白」療程，她忽然覺得好放心，不是只有她在受苦。男人只是喝水，然後吞口水。顯然與ㅎㅅㅎ沒有同一種幽默。

「大叔，你也有寂寞想哭，一個人在居酒屋滑手機，找不到說話對象的時候嗎？」

「我能說話的對象已經死了，她是我結髮二十年的妻子。我已經到了沒什麼事能哭出來的年紀了。」這個人跟她一樣孤單。她忽然覺得好可悲。

她顯然已經放棄這場聯誼。反正，母親會再迫使她去下一場聯誼。

「你年紀跟我死去的老爸一樣，下次在居酒屋時，打給我吧。」死了，就是沒有，對於「沒有」的事傷心太久，就會變成自憐。

ㄉㄨㄌ若無其事地閒聊，她說，所有陰部美白療程都是雷射，雷射就是破壞你原本的肌膚，讓傷口長出新皮。

死掉的地方都會長出新皮。

ㄉㄨㄌ還有兩桌相談對象，可是她急於去廁所，想用指甲解決下體的癢。那種急迫好比現場急於求偶的男子，半數人生失婚、半數人生失態，ㄉㄨㄌ心想，這場聯誼裡的二十男女，都是被拋棄的人。他們是婚家制生產線不合格的品項。

ㄉㄨㄌ想起家裡附近有一家「即期品」雜貨店，販賣著大量即將過期的餅乾與泡麵。

她懂，真的，在人際關係上無措，本來是一場漫長的癢、一種隱隱作痛又不至影響生存的發炎。他們的戀愛資本都即期了，他們是普世人際關係裡，被剩餘的那種關係。

她開始好奇這些人的社群動態牆會被推薦什麼樣的

© 不道德索引

廣告？

在ㄜㄟㄜ心底最深的地方，她根本不想在誰面前掀開自己內心的私密處，畢竟連她媽都不知道，她在十二歲時，早就不是處女了。而那也是一則她始終無法治癒的發炎。ㄜㄟㄜ不想通過陰道使人抵達自己的內心，不想結婚後辭職只為了幫婆婆與小孩換尿布。反正 Sex 與真愛什麼的，只是都市傳說，她對邊緣感到熟悉，對離群充滿安全感。

聯誼結束後，ㄜㄟㄜ又去掛號，她忽然好想念那個醫生，他是全世界，唯一一個真正關心她私密處復原狀況的人。她甚至喜歡，醫生以「無性」的方式翻開她的陰唇、科學般的眼神端視那腐肉。這種不侵入不打擾的親密接觸，很善良。候診時下體一直騷動，她覺得私密處的煩，像戀愛。正因為沒愛過，也永遠不知道那癢的病灶、痛的病根。

該死的，這個夏天，黴菌與數不清的聯誼，仍不斷地繁殖與滋生。

可以抱睡
的關係

　　「不想性交，不想進入與被進入，只想單純的擁抱，妳沒有過這種時候嗎？」ᶜ⌒.ᵕ.⌒ᶜ 用無辜的小狗眼抬頭問我。她分享刊登在論壇上的抱睡徵人文，底下刷了一排留言，爭取抱睡，其中不乏打上時薪、長長自薦文。

　　我們坐在三樓的戶外座，露營燈高掛，假草皮攀滿地面，在市中心擠出一張堪稱「裸妝」卻需要花費兩小時費心描繪的五官。周遭椅子是木作的，人們喝充滿化學原料的調酒，音樂鬆弛，叼著性暗示的 Dream Pop、Slowcore、Shoegaze，ᶜ⌒.ᵕ.⌒ᶜ 嘴上叼的菸也只剩下菸屁股。我們在秋天冷冷的天氣裡喝紅酒，感覺英國、幻想紐約，而我們始終在台北。ᶜ⌒.ᵕ.⌒ᶜ 常在這裡約交友軟體認識的人見面，為了避免尷尬，我除了與 ᶜ⌒.ᵕ.⌒ᶜ 見面，不會來這裡。

　　大約是，每季的中間月分，我就像 Review 這季業績的主管，等待 ᶜ⌒.ᵕ.⌒ᶜ 的感情業障與她來報到，ᶜ⌒.ᵕ.⌒ᶜ 固定的砲友、不固定的抱睡對象構成她感情生活的全部，每一個她都愛，每一個她也都不愛。ᶜ⌒.ᵕ.⌒ᶜ 是一個人睡不著的那種人，她每一天都得玩到筋疲力盡，才甘願安心

　　　　　　　　　　　　© 不道德索引

睡去。

ᶜ⌒˵•̀﹏•́˶⌒ᵔ 一直苦惱於找不到穩定的抱睡對象，大部分的人，抱著睡著，都會順其自然地索求更多。「抱睡回訪的人，通常都不只要抱抱了。」這幾乎是所有異性戀的內建版本，擁抱，上床，交往，結婚，「不是的，不是這樣的，我要的是最純粹的關係，性只是性，抱的時候專心。」她用近乎痴狂的聖潔表情說，「沒有愛情的複雜混亂，純粹的關係是神聖的。」

「抱睡的意義是什麼？妳感覺到別人的體溫，而且那個體溫一直跟隨不同的身體在變化，不是很奇怪嗎？」

「人為什麼只追求一種體溫？」

「妳沒看《四重奏》嗎？真紀說喜歡她老公的體溫大約維持在三十七點二度，偏高的體溫耳後會發出好聞的味道哦。」

ᶜ⌒˵•̀﹏•́˶⌒ᵔ 調皮的舌頭鑽進洋蔥圈，然後像條蛇，一口吞下。「我想找到像泰迪熊一樣的抱睡。以前我爸每次出國就會帶回來一隻泰迪熊，那是他邊出差邊出軌，從巴黎、紐約、新加坡、日本各地帶回來的泰迪熊，每一隻都超級柔軟！」

ᶜ⌒˵•̀﹏•́˶⌒ᵔ 尋找完美的抱睡對象，完美的泰迪熊。

「說到這，妳可別說我業障重，是因為我有童年創傷，這會詆毀性解放。」

「妳真敏感。」

「我遇過一個諮商師，說我一定是童年缺愛，所以渴望男人，事實上，我不是渴望男人，只是喜歡穿梭在

不同形式的關係中，結果那個諮商師也變成我的砲友。他們會問我，純抱睡的關係真實存在嗎？就跟討論男女之間純友誼是否存在一樣無聊啊。」

「簡直就像是……全天下只有異性戀一樣，女女之間有純友誼嗎？人們才不關心。」

「我喜歡這個政治正確的偏見，所以，『純抱睡』的關係是否存在，這個問題本身反映出了提問者的世界觀，當兩者的世界觀不一樣，不可能站在同個基礎對話。」

「嗯……我想那是因為人們受不了『流動中』的關係，在關係裡非得要找位置坐，無法走向家父長制家庭結構的關係，又不是大風吹，可是一旦是沒有坐到椅子的那個鬼，很奇怪，就會不安。」

「哈，妳說的很不錯，當鬼可是很自由的，不用規矩地坐在一張椅子上，想去哪就去哪。」

「有沒有過抱一抱，妳受不了的那種時候？」

「也是有，所以我說，能夠好好抱睡的人，知音難尋啊，但那個人就是砲友，不是可以抱睡的關係。不過，我是盡力克制自己發生這種行為，我覺得這是破壞契約，破壞兩人的關係協議，之前有人問我，是不是他的身體沒有吸引力？不是啊，你是天菜！可是……我們說好抱睡了，能不能在這一刻，壓抑住性衝動，也許身體沒有越線，精神卻會到達另一個層次，那是一種克服動物性、超越本能的平靜感。」朋友們以為 ⸜(๑'ᵕ'๑)⸝ 的情感生活很迷茫，三十歲以後的人生，很難容忍這種沒有被定義好、定價好的感情。其實，她對自己情感的界線與

象限非常清楚。

在性方面，ᘯˎ·ˏᘮ 可以說是不分國籍、族群、性別地閱人無數，當男人在她面前吹噓十二星座已蒐集完全時，她則冷淡地說：「你聽過十六型人格嗎？」ᘯˎ·ˏᘮ 比同齡女子更早投入性、摸索各種形狀的身體，她說不相信靈魂，對於靈魂伴侶這類的說法更像是聽到骨灰級笑話。我們這個父母成天催婚的年紀，她仍然沒有固定交往的對象，享受著安排週間與不同對象的約會行程。對她來說，當關係走到性，八成也會走向終結，「進入」對她來說是最為無聊的環節。彷彿，沒有人真正進入過她。

ᘯˎ·ˏᘮ 說過一場完美的抱睡：「他的呼吸很輕，心跳緩慢，體溫大約維持在三十五度，骨骼線條剛強，但因為太過削瘦，又好像快碎了。那是最後一個擁抱，很脆弱因此讓人珍惜，人本能性地想占有終究會結束的關係。」

她抱著父親逐漸凋零的身體，醒來時，父親已經走了，「那是一種超乎親情，一種接近對人世的愛的擁抱。」

眼前這位酒保，也曾與她約會過，兩人隔著一張吧檯桌相視相笑，然後相忘江湖。

我之所以避免與 ᘯˎ·ˏᘮ 在同一間酒吧見約會對象，是因為一次無意中，在朋友口中得知我與 ᘯˎ·ˏᘮ，在差不多的時間與同一個人 Dating，大約就是相差個兩三天，共同的朋友轉貼了 ᘯˎ·ˏᘮ 正在約會的照片給我，她如平

時數落 ᑫᐢᵕᐧᐧᵕᑫᐢ 總是哈鮮肉、吃天菜，陽氣過盛難怪一顆心老殘窮。我對此假裝不知情，默默的封鎖了 ᑫᐢᵕᐧᐧᵕᑫᐢ 完食的鮮肉。我與 ᑫᐢᵕᐧᐧᵕᑫᐢ 從高中就共享許多一樣的事物，我們擁有閨蜜耳環，買同個款式不同顏色的洋裝，事到如今，我與 ᑫᐢᵕᐧᐧᵕᑫᐢ 也睡過一樣的男人了。

我們之間沒有愛情，但比愛情，更進入。

ᑫᐢᵕᐧᐧᵕᑫᐢ 所說的話一直在我腦海中揮之不去：「我要的是最純粹的關係。沒有愛情的複雜混亂，純粹的關係是神聖的。」

對她來說，夜的盡頭還沒來，我們喝下今晚的最後一杯 Shot，友情，萬歲。

剪接腳本

「激推！老溼機親授：祕密神油助攻，這個點馬上潮吹！」

「如何讓女生答應口爆？與帶槍不帶腦的做愛方式說再見！」

在充滿道具、字卡的工作室裡，º_ω_º 一邊吃著熱騰騰的來一客泡麵，一邊 Typing 新的影片腳本。作為讀傳播專科、以劇本完成畢業製作的新鮮人，曾經以學生製作獲獎無數的導演，從沒想過自己會來 YouTuber 的影片工作室上班。

說是工作室，其實只是 YouTuber 老家透天的一樓，原本是車庫的空間，放進了辦公桌、背景紙、一組沙發，沒有三節沒有年終，但是 YouTuber 總是會給 º_ω_º 多的一份公關品，º_ω_º 拿著最新款的歐樂 B 電動牙刷，在鑽白的亮眼以前，她先品嘗自己的牙齦出血。比起那間狠心租下的一萬二月租小雅房，º_ω_º 更常在這裡熬夜剪片，那組臥室裡的電動牙刷，似乎用不到五次。

一樣是電動的，放在辦公室的電動按摩棒使用率還

高得多。當然，這也是多的公關品。

　ºωº從沒想過，每年繳六萬塊的學費，上過金馬電影學院的剪接與劇本課程，所有學長姐都認為她不容小覷，最後在求職網上，卻沒有任何電影、劇本、製作公司要她。反倒是有許多「品牌服裝小編」、「YouTube 剪接師」的工作找上門。原本懷抱的電影夢，在泡麵止餓的三餐裡被泡熟泡爛，

　她的老闆拍 Vlog 起家，在ºωº進來以前，只用過手機剪片。ºωº最初還會因為跳剪與老闆起爭執；現在，她為了業績獎金，可以寫出任何影片腳本，剪出任何風格的綜藝節奏。

　ºωº苦手於這幾天需要生出一個與女私產品業配有關的高潮企劃，於是她蒐集了其他對手的腳本，找出點閱率最高的幾支，大概拼湊一下，感覺自己的起承轉合到位，觀眾的高潮也點到為止。

　△觀眾 AV 女優進場時，主持人拍手叫好。
　（畫外音：罐頭掌聲）
　主持人：現場只有一個字，香，有沒有聞到？有沒有！

　「女孩子真香。」這是ºωº作為女生未曾聽過的一句話，因為沒人會對一個普妹說，妳好香，那似乎是只發生在她愛看的 BL 劇情節。她從小習慣自己的鉛筆盒裡放香香豆，在自己的腋下塗滿各種香味的止汗劑，那

096

些味道漸漸覆蓋她的體味，直到她整個人聞起來像是一顆酸掉的水果。

△特寫「白泡泡女私保養潤滑乳」瓶身。
△特寫手掌上充滿起泡的潤滑乳，主持人幸福地吹開泡泡。

AV 女優：這款熱帶水果口味的白泡泡潤滑乳是目前為止男優們最愛的，愛愛前塗抹於周邊，女生的敏感帶會有一點點熱熱但不至於辣的感覺，男生也會感覺到更緊實的包覆，重點是！使用兩個月後，我發現我的陰唇變得好粉嫩，不誇張。

ºωº 覺得寫這些腳本根本不難，活著本來就是一場華麗的反串。

關於性，她曾在網路上領教過不少性教育、性學專家，性治療師——大學畢業以後，還沒發生過性關係的 ºωº 爬文學習所有「進步的」性知識。只是為了讓從交友軟體上認識的砲友更喜歡自己。在她的約會生涯開始後，從來沒有停止與人同舟共濟，偶爾暈船，偶爾翻船，她追蹤著那些減肥成功的 KOL，不斷進修化妝技巧與便利商店減脂指南，ºωº 自認臉蛋還行、身材可以，只要繼續參與性事技巧工作坊的進修課程，提升自己的性愛攻略，用身體滿足男人的控制欲，或許，愛有一天會在她的口技下到來。

她知道，那些人一生下來，確定能行使特權的地方，只有女人的陰道而已。於是努力在喜歡的人面前漂亮演

出。明明她比起抽插更喜歡前戲，但總是會愛上不做前戲的混蛋。在她約會的對象裡，十個有九個會要求，射在她的嘴裡，每當那時，她得忍受喉頭被刺激，想嘔吐的不適感，°ω° 覺得那也像剪接，可以從她幻想的性愛裡被剪掉，直接來到最後一幕，兩人都筋疲力盡地趴在床上，看著彼此相視而笑。

　　°ω° 知道，這個世界上並沒有多少男人知道自己看的 A 片實為助長性暴力。作為一個「性解放」、「接受開放式關係」的現代女性，她理解「性自主」、「自我賦權」的意義，她當然也支持自慰與享受性愛，同時期待有一天顏射、偷拍未成年少女的性愛網站能夠全面下架。但為了喜歡的人，她還是會穿上高中生制服，慷慨服務另一半對未成年少女的興奮感。

　　那些看著非法影片的男人還在，他們就會是撿選她的基數。她知道這件事是有問題的，好景不常的是，當男人像小狗一樣撒尿占地盤，在她身上行使欲求，她卻相信，自己能受人渴望、引起欲望，這樣的存在是有價值的。

　　所以 °ω° 並不拒絕，只是在男人們身上領悟了一個曉得，口爆就像戀愛，是需要磨合，是需要搭配呼吸的，也許她可以調整自己的呼吸，閉氣，迎合一場場腥酸的綻放。

　　走在江湖，°ω° 也算是交手無數了，一條陰道一種曲折，一根陰莖一種角度，合不來的，也不強求。漸漸地，她也放棄與人穩定交往的想法。

　　　　　　　　　　© 不道德索引

她自認需要倚靠後天的努力贏得關愛，而不是像老闆那樣的亮眼的人。老闆念出ºωº寫的腳本，本來拍著Vlog的形象轉型，半年內竄升為一個有著獨立自主、有知識水準、有主見形象的新一代KOL。ºωº寫著那些愛自己的腳本，轉身不愛自己，她把薪水花在私密處美白雷射、蜜蠟除毛上，疼痛可以換來香香的、更值得的愛，ºωº這樣跟自己說。

　　就像明明腳本邀請的是女性向女優，但大肆暢聊的都是服務男人的技巧，好像那些男人永遠只能是笨蛋，只能按照步驟完成高潮。

　　倉庫裡白板的行事曆上，這個月還有三支代言影片要剪，無論是物化自己，還是刺痛他人，ºωº都可以剪得心狠手辣，早已習慣了被炎上、社群來來去去的風向、吃瓜的群眾饞相。她想，這就是大人，在兵荒馬亂中也處變不驚。

　　主持人：今天請○○來分享讓女人潮吹的三個步驟，首先，○○先告訴我們，這並不是每個人都有的經驗，潮吹是什麼感覺？
　　△ AV女優模仿潮吹的表情。

　　ºωº從沒潮吹過，她透過網路科普知道，潮吹體液具有與尿液相似的化學結構，另一部分則包含少量的前列腺特異性抗原，而A片裡的絕大部分都是尿潮。有時她可以在A片裡看出剪接的失誤，作為專業的剪接師，

她思考著自己會如何設計這顆鏡頭。

她是她自己的剪接師，在他人面前，裁剪掉自己的廢、宅、懶，約會時換上套裝，藏起泛黃的白布鞋，剪接出一個得宜的女人形象。踏步前往每次的離別，再把每次的離別，想像成一顆很長很長、別有深意的鏡頭，那麼終點就沒有結果，而是開放式情節。

凌晨三點，°ω°看著廁所裡充滿黴垢的鏡子，練習高潮的表情。她常這樣練習，如何不在興奮時擠出雙下巴，什麼樣的角度比較耐人尋味。她看著自己的表情靈光一閃，下好了這期腳本企劃的標題——

漲姿勢！讓男人欲罷不能的這位妹妹是……

嗯，真香。該妳上場了。

這天，°ω°難得忍住了自慰的念頭，雖然所有性學專家都在鼓勵自慰，但她們同時也接下私密處清潔劑業配、拍攝了「頻繁自慰，小心陰唇會變黑」的影片。究竟，怎樣是剛剛好的自慰呢？°ω°並不期待答案有一天會到來。畢竟，對於這個會提出「如何讓女生答應口爆」的世界，不應該抱有期待。

夜深了，罪惡感與在肚子裡鼓脹的泡麵一起襲來。她放下電動按摩棒，拿起牙杯裡已經刷爆的牙刷，來來回回地清潔，口腔裡來一客的氣味。

© 不道德索引

電愛
聊天室

「好無聊喔。」
「要來我家嗎？」
「今天不方便。」
「妳不是說很無聊？」
「對啦，但女友今天來我家。」
「……」
「妳生氣囉？」
「先去洗澡囉掰！」

收下洗澡牌後，Φ♪Φ 繼續左滑、右滑，指尖 Slide 過幾公里以外的摩擦，城市裡的指尖們，在螢幕上磨蹭出藍光的冷。

「妳還沒下班？」妻子問她。
「沒啦，測試一下新上線的 APP。」

Φ♪Φ 的職業是軟體工程師，所以無論什麼時候在螢幕上左右滑都很合理，她可以說，在檢查程式的 Bug，在感受使用者體驗。

「外送來了，妳幫我拿個筷子。」Φ♪Φ 的妻子叫

〔裡面裡面的白色〕

喚。

　　她們同居十二年，已經是可以互相指使的關係，即使說出「那個好遠喔幫我拿一下」也不覺得抱歉與感謝，比起同居，更趨近於「便利」的關係。

　　她們在一起，彼此都覺得很方便，已經長大到父母也放棄管教的年紀，即使家裡人都不承認她們的關係，但雙方的母親仍不時往這個地址寄來魚肉蔬果。

　　其實，這十二年間，也不是沒想過要分手。起初覺得不妙，只是兩人在做愛時的心不在焉，勤奮的手指變得懶散，兩人都能感覺到那手指有張臉，透露著意興闌珊。後來，他們用「今天工作好累喔」、「我狀態不好」避免演戲，久之，兩人也都默許了這閉口不談該死的死床。

　　兩人同住，節省房租水電，可以輪流打掃，可以接受彼此起床的口臭，忍耐對方的鼾聲。

　　光是想到分手，他們必須在這寸土寸金的大城市重新找到一個容身之處，Φ♀Φ 就覺得太難了。太難了，要在一個人的身上，找到容身之處。這十二年的關係，並不是免洗一般即可拋、更沒有速食的滿足與罪惡感，肩負的是生存、歸屬，類似這樣的東西。

　　於是，Φ♀Φ 開始使用女同志愛用的交友軟體，只放背影照，沒有多餘的 Hashtag，聊天的時候快狠準，快速地讓對方知道自己已婚、狠心地請對方別暈船、準確地約定好上床的時間。

　　為了歲月靜好，她想，平靜下的苟且偷生仍是必須

的。

Φ♀Φ 不固砲，她試過兩年，後來雙方都暈得不得了，分手那天，年輕的女孩告訴她瓊瑤般的對白：「我也能像她給妳，妳想要的。」Φ♀Φ 說妳不能。她沒說出口的是，即使同樣的東西，是妳給的，我也不要。

那女孩，無論是膠原蛋白或是三圍什麼的，都勝過伴侶，連那活蹦亂跳的思想，都如同她後頸的線條，有那麼一點勾人。

妻子現在在她面前的樣子，多是鯊魚夾黑框眼鏡。當她倆一起看網路上的拉拉性愛寶典，也始終無法拾回燃燒的感覺。兩人各自爬文過許多「死床有解」的文章，但身體仍像一灘死水。

Φ♀Φ 越發合情合理地使用軟體約會，也是因為有一天，她在公司新上線的軟體後台，發現了一個祕密。

妻子是他們新款音訊交友軟體的使用者，而且，還是付費使用者。這代表，她的通話時間很長。這款軟體出生於疫情時代，不僅陌生人在這裡以聲音交友，許多遠端情侶也會用這款軟體通話。

軟體為了保障使用者安全，防範詐騙、性暴力案件，使用人工智慧記錄下錄音，一般來說，唯有使用者同意，公司方才能授權打開檔案。

Φ♀Φ 按捺不住對妻子的好奇，她究竟是和誰，講了這麼長的電話？為了避免被管理後台的相關人員發現，她駭入自己寫的程式，竊取檔案。

打開錄音檔後，Φ♀Φ 有幾分後悔，足足有九十七

個錄音檔，後來，她每天聽一個。

　　妻子在電愛。

　　他們死床的時間，妻子透過電愛梳理體內的雜毛。然而接起電話的人，不一定是女人，甚至，更常是男人。Φ☙Φ 不禁胡思亂想，這是為了讓她使自己倖免於背叛者的罪名嗎？然而，妻子的九十七通電話中，後來的五十五通，都是和同一個男人說的。Φ☙Φ 開始嫉妒那個男人，他聽著自己未曾聽過的，妻子的喘息與屏息，她彷彿能聽見，那男人撫摸著女友的身體。

　　「爽嗎？」

　　「好爽，再上來一點。」

　　「嗯，小賤貨，我進去了。」

　　她沒想過，在性行為裡傾向以溫柔進行的她，會喜歡虐人的語言。她聽著另一半說「好大」、「不行」、「好痛，好舒服」，內心也覺得自己不行了。

　　於是 Φ☙Φ 約砲的頻率更甚，她每天都聽一則妻子的電愛，然後她會想著這個聲音，與另外一個人做。Φ☙Φ 的力氣也漸漸變大、她用占領的方式進入每一個陰道，那種莽撞如初生之犢，不知道會帶領她誤闖哪裡。

　　Φ☙Φ 聽著電愛裡，她引導男人撫摸的方式：舔我的腳，我要你的手指，我現在在揉自己的胸部喔。

　　然後，Φ☙Φ 會用這些方式去撫摸別人。

　　Φ☙Φ 對妻子的心思日益感到不安，她開始害怕，妻子會愛上電話裡的那個男人。男人從第九十三通電話

104

後就頻頻約妻子見面，她則一直婉拒。

今天，Φ♀Φ 聽了妻子的第九十七通音訊檔，這次，他們沒有電愛，妻子正式拒絕男人的邀約。

「我一直覺得我們很合，是因為我們都沒有貪圖彼此的什麼，只是一個出口。我不可能跟你見面，我結婚了，我愛著一個女人，儘管我們做不了，但我知道我愛她，儘管她在外面約砲，我也愛她，我只是想試試看，婚內出軌是什麼感覺，但我做不到，這是我打給你的最後一通電話了。」

「對了，Φ♀Φ，妳在聽嗎？我只是在想，妳這麼注重使用者體驗，肯定會聽的吧，妳別擔心，這九十七通電話，我都是想著妳打的。明天電費到期，記得去繳。」

Φ♀Φ 拿著電費單前往超商，一路上步履輕盈，是啊，她們是難以拋棄的，便利的關係。

那一天晚上，她們做了。

受縛者
指南

　　自學生時代，ㄑ˙ㄨˇ˙ㄙ就習慣在手腕和腳踝各打一個結。彼時的初戀情人給他了手腳不乾淨的習慣，左腳踝捆上一條藍綠相間的綁線，總得有什麼纏繞。說是，有太宰治給愛慕者繫上繩索投入玉川的意思，那樣煽情。那股孤獨又憂愁的文學氣質將兩人捆縛在一起。初戀情人很霸道，脾氣來時手勁就狠，線纏且繞，捆得很穩當，ㄑ˙ㄨˇ˙ㄙ既覺得窒息，又生出快感。那是他生命裡第一個信物，對方打了死結，他深信自己不會遭到背棄了。

　　締結信約那天頂樓風大，吹來球場夏日的氣息，他們依傍而坐，雙腿晃著晃著，像要掉下去似的。他們還不夠高，小小的，踩不到圍牆外的安全踏板。鐘聲響起了，午休結束以後，他們攜帶各自的繩子回教室，再變成兩個不熟的同學。

　　左腳的繩勒得緊緊的，ㄑ˙ㄨˇ˙ㄙ見過攤販上的串豬心，因為捆著更顯肥碩可口，豬心如此，戀愛亦是，他想。

　　右手則是第二任情人的。他不再是處子，手掌開始

106　　　　　　　　　　　ⓒ不道德索引

厚實，起伏的骨幹與經脈像島嶼以東的山，純淨的氣質，藍藍閃閃的血液跳動著，長成讓人嘴饞的肉身。後來的人，感覺他手腕的脈搏更甚心跳，不知為什麼，他的陰莖比常人溫熱，且隨時有野獸要逃出來的樣子。他很痴迷於在床上讓人束縛雙手，那些人的領帶皮帶，散發著彪悍的汗水氣味，像一種刺繡，刺進他無法以肉眼察覺的細小汗毛。無傷大雅的破皮日積月累，也自然形成兩條暴烈的紅線。於是另一手戴上錶，人們對有自毀傾向的非我族類總是芥蒂，他在孩童時期熟知同儕間的非人教育：死娘娘腔，脫褲子，你沒雞雞吧，老子抓一抓就有了。

ᥑ·ᴢ·ᴐ 已然長成一個過大的人，體型壯碩，眉宇深鎖，恥骨堅硬，臀肌凸起與凹壑像自然的禮贈。這時候他都還攜帶著高中那條繩索，右手腕上的信物則是一直進化的，從廉價的夜市貨戴到專櫃錶，他知道自己已經不是贗品，是個真貨，真真切切老老實實的好床伴，好男人。

他在體面的公司做業務，舌粲蓮花，上山下海使命必達，偶爾做個好床伴，那些已婚假異男要的，他都知道，也跪也趴地攀上業務總監。一身漂亮的行頭，再也沒有男人可以牽絆他，要什麼喊什麼，去高級餐廳時特別餓得像隻狼，上菜的速度跟鈔票進來的速度一樣快。口腹之欲大開，玩得更起勁。參與過多 P、大麻趴、BDSM、男的女的都試過，他還是最喜歡野外應戰。無論如何，他都喜歡有人綁住他，打結，像是安全地被困

住。他知道所有安全打結法避免壓迫神經與循環系統，他熟知受縛者指南，受縛者必須為「你答應讓誰綁你」這個決定負責。

　　身體裡有止不住的黑洞在擴散，今晚ㄟˊ•ㄥˊ•ㄋ想做得更深，在軟體上約好了一個未成年，說是宿舍頂樓，十二點以後肯定沒有人，十二點的鬧鐘喚醒他，梳頭，抹油，套上方便的懶人鞋，踝上的刻痕像皺紋，提醒他時光已老。包裡隨意丟了一包菸，錢包，潤滑液，保險套。Uber抵達後一路狂奔宿舍頂樓，他在搭電梯時遇見幾個同學，孩子看起來都糟透了，各個像升學制度的祭品，一副弱雞模樣，扁小邋遢，青春躁動的酸臭味使他下體有了反應。軀體是太小的籠，體內巨大的幽魂死命捶打肌膚。

　　十二樓，再徒步走一層，有個男孩在那裡等待。一步一步，都像是憋住撕裂他的一隻隻小蟲，爬滿表皮的性欲形成張力，遠處男孩抽菸太子蹲，那樣子太過早熟，他有點意外，與失望，他偏愛未成熟的狀態。男孩有漂亮的原住民五官，在同儕中說得上好看。他們做了第一次。第二次，男孩搗住他的嘴，他用舌頭舔男孩的眼角，在男孩的衝刺中伴隨哭泣與軟腿，他趴在他屁股後頭，哭得像小孩。他聽著男孩講戀人背棄的故事，戀人最終決定跟學妹一起，失戀的故事可歌可泣，異男忘，像路上隨處一瞥都有的那種俗，純真就是俗氣，因為俗氣所以難得。這樣的眼淚，男孩哭過一次以後就不會再來了，他是知道的，男孩以後會面臨更多需要節制傷心的時

刻，背棄與被背棄的時刻，他才能成為男人，成為一個
貨真價實的人。

　　第三次時，ᐟ˙ᵕ˙ᐠ把它當最後一次，緩慢且遲疑，
溫溫熱熱的口腔包容住小男孩的全部，像曾經包覆住的
那個霸道少年。少年的盛氣在他的堅硬底下柔軟了，他
們生疏地在頂樓行進著一場重生，腳跟的硬骨頭摩擦
著，繩索摩擦著，靠近本來必須懷抱受痛的覺悟。那疼
痛後來在校園風風火火傳開，頂樓兩個玻璃，傷風敗俗，
敗壞校風，不倫不類。彼時他們進行了一場生命的交付，
回過頭，那樣的重生都是餘生後話。
　　他安靜承受著，男孩一次一次地前進，想進到他身
體裡面的念頭，他渴望真有人能進去，再也沒人能進去
的深處。在悶熱無風的溼黏中，他安靜地承受著，天就
要亮了，身體掛在圍牆上欣賞著日出，下方操場上空無
一物，球場上有一顆忘記被帶走的籃球，在一天要開始
之前，這裡什麼也沒有，沒有歡愉與吵鬧，沒有羈絆。
他把風景看成生命的史前史，這風景和彼時少年曾經眼
見的一樣嗎，底下有望不穿的深淵，是少年往裡跳的地
方，是他不敢進去的地方，因為膽怯的羞愧，他一個人
留下來，反覆打結，一個死結，再一個死結，弄疼自己
每一塊生肉。
　　啊，那也是遠古了。

　　靛藍色的天空下，他倆的動作像兩隻奮力一躍、
閃著銀光的青鱗魚，因為受到熱的召喚，不由得赴死而

生，努力跳出水面。天快要亮了，男孩的最後一次前進，他在暢快的低鳴裡，像是倒帶著退後，回到了原點。認識少年的第一個夏天，他們都是翹課的小孩，從乏味的數學課、乏味的升學主義、乏味的男女曖昧中翹課，頂樓上是他們第一個綻放的夏天，也是最後一個，那天風好大，為什麼看著另一個人，心臟會有皺皺酸酸的感覺呢？

　　男孩沒有綁住他，他感受不到自由。男孩替他擦拭雙腿，他低頭，看見自己腳踝閃著一抹亮，不知是乾淨的、藏青的血管，還是流下來的體液，美麗得讓人不敢開口，怕一開口就會消失，只好忍著。轉身，他替男孩拉好拉鏈，扣好扣子，像要送自己的兒子出門上學那樣。

水飛梭
護理療程

　　著裝的最後一個動作，（ô,ô）套上膚色四十丹的透膚絲襪，無論四季，她不厭其煩地穿著絲襪，並且隨身攜帶透明指甲油，以防範透膚絲襪破洞。透膚絲襪各有利弊，弊在於勾破一點小洞即會引起螞蟻般列隊攀爬的裂痕，稍不注意，一雙絲襪就會像骨牌一樣，一排排往下綻開。

　　繃上絲襪的她像穿進一只緊緻美麗的容器，因此修飾了腿肚的贅肉、蚊蟲齧咬與抓癢不勻稱的膚色、反覆清除腿毛所留下的粗大毛孔，那些時間在她的身體留下的痕跡。

　　穿上絲襪，整個人精神也緊繃了，幹練得像少女腳脖子的線條，她便能從容步進診所，診所裡所有女孩都比她小至少一輪，沒有這一點修飾，（ô,ô）是站不穩鞋跟的。

　　診所裡無論是週一或週日，人潮同樣熱烈，二十一世紀，排隊整形的人比小兒科的多上許多。（ô,ô）從櫃檯服務員做到美容諮詢師就努力了五年，有些醫美診所

美容與諮詢服務是分開，（ô̞,ô̞）待的這間是一條龍作業。櫃檯服務員與美容諮詢師這兩種職位的抽成差異讓人能夠理解責任制的意義，美容諮詢師用 LINE 蒐集會員，與會員保持良好關係，針對 VIP 按三節送禮，以確保有一定的回頭客。底薪兩萬三，如果想要在這個地段租得起一間房子，她還得多利用下班時間與客戶交陪，累積穩定的業績，因此（ô̞,ô̞）認識了許多貴婦，她們習慣下車就有人幫自己開門，習慣出門不帶現金只帶卡，貴婦們會坐在診所的沙發，保持社交距離，並端倪彼此手邊的包是否稱頭。

醫美產業流動率高，櫃檯入門門檻低，誰都可以做，不過要做出頭不容易，有手腕的美容諮詢師工作性質幾乎與直銷沒什麼兩樣，諮詢雙眼皮手術的順便推肉毒，諮詢抽脂的也精準導購到電波拉皮。那些剛辦信用卡的女大生最好說服，本來要諮詢黑斑雷射，但這種業務對公司來說利潤低，苦口婆心一勸，分期買鳳凰電波不是問題。隨著醫美成為常態，（ô̞,ô̞）要學習的美容服務與專業知識也越來越多，除了辨識鳳凰音波與海芙音波的差別，根據每年趨勢了解最新的微整療程：薇貝拉魔法針可以刺激膠原蛋白增生；水光針是透過電動玻尿酸注射幫浦直接將精華導入真皮層；說到最新的醫美話題，不可能不知道台灣已經成為全球第五個開放「人源外泌體」的國家，也就是說，透過細胞培養時所分泌的活性特殊細胞囊泡，達到皮膚修復與再生的功效。

中年婦女則是第二大客群，她們修整衰老以報復先生的長年出軌，這樣的人出手就是包月包年在買。（ô̞,ô̞）

112

嘴巴動得很勤，客人在等候醫生諮詢前，她會花二十分鐘介紹品項與服務，用信用卡業者推銷貸款的口吻將本月優惠一字不漏地講完。諮詢結束後，（ô.ô）親送顧客到門口，像韓劇裡員工給上車的會長敬禮一般，恭恭敬敬地送走顧客。

（ô.ô）的服務周到，加上努力進修技術，兩年後又晉升為美容部門主管，被派遣至新分店帶新人。其實，大部分的人不太會買基層美容師所推的服務，這些肌膚基礎修護大多是保溼導熱、美白導熱，也就是水飛梭——一般人想做肌膚保養通常會到 SPA 會館，因為價格比醫美實惠許多，醫美提供的肌膚護理常常贈送給那些因為醫生手術延誤、等待得不耐煩的顧客，他們的時間不耐熬，送一小時的肌膚護理，減少 Google 評價收到負評的機率。

無論什麼工作，加上一個「師」，好像就有這麼一回事，更何況是部門主管，（ô.ô）的名片換了，感覺自己也出落得比較踏實。

在做肌膚護理時，程序為：以棉紙沾清水將客人的臉擦拭乾淨，若有妝則須先卸妝；以化妝棉擦拭乾淨；塗上保溼或美白精華液；反覆以探頭導熱，將精華液推進毛孔；敷上面膜，等待十分鐘；在顧客快睡著時揩拭臉上的乳膠，以棉紙沾清水再次揩拭；若無下個手術，在客人臉上塗抹保溼乳液。

市面上的水飛梭兩千元到八千元不等，事實上，只

要加上一點精油香氛，放上心靈音樂，似乎就值得那個價錢，很多人以為這是醫療行為，其實僅是美容保養。這種服務的回頭率，重要的並非儀器，而是手法，如何用恰如其分的力氣使用探頭，讓溫溫的探頭來回摩掌，讓顧客感到自己重返嬰兒期般備受呵護，才能體現水飛梭的價值。

（ô,ô）一雙手把因等待過久而氣憤的客人撫摸得妥貼，有時他們還因此加入會員，那些會一次買下年約的人，多的是欠缺照料、面目蠟黃的婦女。人生哪裡還有這種時候，能像寶物一樣被仔仔細細地擦拭、像嬰兒一樣被寵愛。

在做水飛梭護理時，（ô,ô）會坐在醫療旋轉椅上，置放於右腳旁的儀器經常勾破她的透膚絲襪，她得在客人等待空檔，迅速用透明指甲油塗抹破洞周圍，防止破洞繼續裂開。

這天，（ô,ô）一樣從耳 Mic 裡收到客人將進入水飛梭護理房間的訊息，她開始將器材備好，播放布拉姆斯 A 大調間奏曲 Op.118 No.2，布拉姆斯人生中倒數第二個鋼琴作品，也是獻給克拉拉的倒數第二曲，這首曲子緩和如遲暮，張弛有度地推拉著。《色戒》裡王佳芝與易先生到無人的飯館相會時放的就是這個曲目，她半推半就在勾引，他若即若離去接受。（ô,ô）是因此知道這曲子，她哪裡懂古典樂。

顧客走進，（ô,ô）起初愣住了，他微笑、頷首，她引導請他躺上床。那男人剛刮乾淨的臉龐滿是粗悍毛

114

孔，眼袋垂曳像掛著一雙副乳，頭髮花白得如一份沉重的念頭。不過她是認得的，她一生也不會忘記這張臉。

　　或許是戴著口罩，他不認得吧，（ô˛ô）刻意將口罩拉低一些，希望他閉上眼睛之前，能夠多多看她幾眼。（ô˛ô）給他按摩的手法，知悉每個穴道的精髓，跟隨他酒糟鼻與魚尾紋的脈絡，輕輕柔柔地旋著揉著，像安撫一塊發酵完成的麵團，不忍破壞。那就像，他曾經捧著她身體每處、怯生生的生肉，他曾用吸吮豆腐的方法輕待她，那是屬於初戀情人才有的禮儀。

　　（ô˛ô）想：我的聲音，他不可能不認得吧。不過，那好歹是二十幾年前的事。但，這麼深刻的事，不可能忘記，他畢竟還在十年前醉後打來電話，說我是傷他最深的女人啊。

　　她得想些話題⋯⋯先生怎麼來這？你不像會來我們這的，你有其他需求嗎？我們還有其他適合你的服務，冷氣會不會太冷？力道可以嗎？

　　醫美診所裡哪有比這些重要的事。

　　男人原來是等待老婆手術的時間被半推半就哄進來的。（ô˛ô）頓時有種偷情的感覺，她無法耐住自己的手在來回間生出了情感，往他的耳勾套弄，勾勒出一種不明不白的分際，像他教會她的那樣。那時候，他們太過年輕，像兩隻蟲子奮力地往對方身上摩擦，因為（ô˛ô）拒絕，他們往往只完成一半，他們的身體記得彼此最笨拙更顯熱忱的溫度，氣候漸成，愛撫至純熟，就像舔著一只工藝非凡、極薄的瓷器。

　　往後，只要男子的太太來進廠維修，就會預約（ô˛ô）

〔裡面裡面的白色〕

115

的服務，他是這間診所裡少數願意花錢買水飛梭的男人，因此診間裡也有了些耳語，討論（ô.ô）是用怎樣的手、矯正了他什麼地方，這種小道八卦。（ô.ô）不以為意，反而有種套上絲襪的自信、成為情婦的從容。那太像餐桌下男人給女人勾腳、餐桌上不動聲色地給老婆加菜，（ô.ô）珍藏這種虛榮的勝利感。

（ô.ô）期盼男人陪伴太太往返前來，總算有天會認出她，那就會證實她是他所說的，傷他最深的女人。她暗猜男子或許不便，只好偷偷地、在無言中與她共達心領神會。這種猜疑在他們之間形成一種沉默的告解，手指會靜靜彈奏，跟隨 Op.118 No.2 的起落，在他的鬍碴、嘴唇、耳畔，留下印記。

他是（ô.ô）的結痂，以（ô.ô）的情況來說，為了感覺到癢，就需要結痂，為了結痂，必然得靜靜地被刮傷。說起他們的分開，（ô.ô）還是心有不甘的，大學畢業那年，男人邀請（ô.ô）出國旅行，他如此精心規劃初夜的壯遊，那畢竟還是相信羅曼史的年代。（ô.ô）在面前答應了，背地苦思如何籌錢，當時，母親還在繳納父親的債款，她一到假日便會協同母親去做清潔工作，擰著一塊塊浸滿漂白水的抹布，擦拭大樓商場裡的小便斗們，她打工的錢則一半支付家中開銷，一半支付房租。

男人雖然開口過要負責她的旅費，但（ô.ô）寧願在出國旅行前不明就裡地分手，也不願意暴露貧窮的窘境。那似乎能讓她永恆地相信著，有一天男人離開了，只是因為她的拒絕，絕不會是因為嗅到了自己身上抹布的氣息。

116

© 不道德索引

那一年，他們滿臉青春痘地相愛著，蹭著彼此的膿包親吻，他們已經喜歡過了。他不認得她了，畢竟她也是前前後後，從頭到腳，在時間的殘酷裡，於手術刀前一一列隊校正著，哪怕是微調一次，（ô.ô）都深信，能掩蓋那份真實的窮——唯有調整、削去、打磨、抽吸，將壞去的一點一點刮掉，才能夠接近真實的我。

　　「妳的手……」男人不平常地開口，他從來不會主動開口說話，他是否意識到什麼？（ô.ô）緊張了，從坐姿中站了起來，絲襪不巧給儀器勾破了一個青春痘般的小洞，「怎麼了？」

　　「妳的手，很精巧。」

　　（ô.ô）再度用她的手，給男人抹上精華液，輕輕抹開，厚厚的一層，又一層，反覆在遮掩。她想起王佳芝終究是不忍心，才給易先生最後一個眼神。癢抓過頭了，就又成了一口洞。

　　男人開一台黑色賓士，接送大腿甫手術後纏著繃帶的太太。（ô.ô）以無瑕疵的語調說：「路上小心。」語氣就像一名妻子，後在門口微微地鞠躬，車子開走了，她仍低著頭，注視自己被儀器勾破、像骨牌一樣開天闢地的絲襪，破綻般扯開，一股涼氣從腳底攀爬上來。

　　（ô.ô）低頭嗅聞雙手，感覺繁複的掌紋裡鑲嵌進了一股不潔的抹布氣味，一心擔憂：他，是否認得了這份不堪。

〔裡面裡面的白色〕

117

前任
的禮物

今天是分手的第一天，ㄟ(・ㅁ・)ㄏ在他的家裡尋找屬於自己的物品。她已經習慣這樣的打包流程，可以快速決定什麼要、什麼不要。

ㄟ(・ㅁ・)ㄏ一向是能夠捨棄的人。

她在男人的櫃子裡尋找自己帶來的一把小刀，那把小刀是用來刨削水果，有削皮端，也有切片端，是愛露營的前男友留下來給她的，這把小刀對她來說為什麼重要，ㄟ(・ㅁ・)ㄏ也說不上來。

她在這任前男友的住處，尋找前前男友送的禮物，而那禮物可以用來殺死或切斷。

冰箱上貼著「剩下的包裹已經寄過去。」就像他往常給她的留言方式。

ㄟ(・ㅁ・)ㄏ在廚房裡遍尋不著。而後打開了系統櫃。

她愛過的男人，有很大的不同，但是他們都喜歡系統櫃。系統櫃秩序地將空間分割，劃分出收納地域，講求動線與機能，就像這些男人對女人的需求一樣。

她打開了第三格系統櫃，嘩啦嘩啦一下子掉下來了許多拋棄式溼紙巾，這些溼紙巾的外包裝都不同，有倆

118

人經常去的喫茶店，有男人公司附近的水餃店。

一次在朋友的婚宴，ฺ(・ƅ・)、看見男人默默將溼紙巾收進了口袋。

「你要那個做什麼？」

「放在這裡多浪費。」

比起打包飯菜，男人更想要拿溼紙巾，那伸手一拿，並無人察覺他的貪。這種節省與男人的身分地位學歷不符，他能為 ฺ(・ƅ・)、買一棟房子，卻無法割捨暗藏一枚拋棄式溼紙巾的衝動。

ฺ(・ƅ・)、看著這些拋棄式的溼紙巾，感覺自己與它們有著同樣即可拋的宿命。

ฺ(・ƅ・)、的小刀窩藏在這些溼紙巾堆裡。

交往最初，她感到被揀選的榮耀。當「真愛」淪為神話，當「靈魂伴侶」成為笑話，當失戀也不會哭了，便來到這個審視條件的階段——愛是一件能夠決定的事，就像揀選便利商店裡御飯團的口味，判斷要搭公車還是捷運才能準時抵達，給客戶的信結尾要用祝好或者 Best Regards，要喝氣泡水或是純水。

由一個又一個選擇堆疊而成。

在相遇之前，揀選已經開始。左滑右滑，根據對話篩選出大致生活品味的約會對象，選擇約會的地點，決定當日穿著圍巾的顏色，根據對方的生活背景，思考對待這段關係的態度。

他在遇見 ฺ(・ƅ・)、時，很快就揀選了她。因為她的髮色，氣味，五官，聲音，年收入，父母的職業，上

班的公司等等緣由。

揀選了他們未來生活的模樣。買房，結婚，生小孩，或許再養一隻狗。

「妳喜歡一個還兩個？」

看著菜單，ˎ⟨・ө・⟩ˎ、心裡想的是千層蛋糕、布朗尼兩種我都要，他想的是兩個孩子。

一切似乎都恰到好處，那是他們這種適婚年齡邊緣的人，該談的話題。他說話時，布朗尼上的冰淇淋逐漸融化，但是他談的是房子的地段，這是否有比眼前的布朗尼重要呢？

恰到好處的也是，他的身高、體脂、肌肉量，他每週固定上健身房三次，每年參加兩次半馬。他有一份體面的工作，能夠養育兩個小孩一隻狗的薪資。ˎ⟨・ө・⟩ˎ、遇過婚外情的男人、不想進入關係的男人、離過婚的男人，還是頭一遭，她遇到見面兩次就把未來定下來的人。他喜歡帶她去他的同學會、公司聚餐、高爾夫球聚會，所有能夠亮相幸福的地方。四處炫耀，就好像，她是一只昂貴的名牌包一樣。

當他為了她在近郊買一層樓的時候，她卻並無動容。ˎ⟨・ө・⟩ˎ、在他的出手裡窺視到一個黑洞。

他出手的時候，要她感謝。就像是老闆給員工薪水那樣。

「為了妳我可是買了人生第一個名牌包，妳生日那天就會到了。」可是他是那種在吃酒蒸蛤蜊時，會為了公平起見ˎ、均分出兩份蛤蜊的男人。

他出手的時候，有時也是為了填滿失去。他不只蒐

120

集溼紙巾，也蒐集補習班與候選人發的衛生紙、口罩，使用這些東西的時候，他至少可以不感到惋惜，至少不必計較得失。

偶爾約會的飯錢，男人會打公司的統編，他用調皮的笑容說：「妳也是我的重要客戶嘛。」男人不過問她還餓不餓，逕自吃掉她餐盤上的食物。

他很常感到浪費，卻又對一種理想的幸福生活貪得無厭。於是使用那些免費索取，用掉也不心痛的衛生紙。

與男人不同，ㄟ˙ㄖ˙ㄣ喜歡可以反覆使用的物品。

即使進出過不同人的屋子，她都會帶上一條屬於自己的毛巾，有了自己的毛巾，在哪裡都能夠安身立命。她在離開時，也不忘帶走自己的毛巾。

終於回到她八坪大的租屋處，沒有系統櫃，只有 IKEA 容易搖晃的組合櫃，櫃裡塞滿過期期刊，一切都很舊，只有她是新的，房間雖然小，但能安穩呼吸，不像在窩藏她的樓層裡，每一口呼吸，彷彿都得還。男人無法理解，這個世界上，怎麼可能有不要房子的女人。他沒想過的是，ㄟ˙ㄖ˙ㄣ寧可失去房子，也不願與他生活。

門外傳來按鈴聲，ㄟ˙ㄖ˙ㄣ開門，簽收包裹。

這是一個印刷上 LOUIS VUITTON 字樣的紙箱，她用前前任送的小刀割開膠帶，紙箱裡裝著ㄟ˙ㄖ˙ㄣ冬天的衣物。

男人沒收了名牌包，將包包的紙箱，贈與了她。

〔裡面裡面的白色〕　　　**121**

純愛電影

　　已經不再對生命感到不耐煩。（ǒ‿ǒ）如常打開 LINE 的通知，一邊秤量米粒，淘洗；就像洗米煮飯一樣，點選群組，接受案件。（ǒ‿ǒ）勞動的手指頭上鑲著一半的水鑽，有時（ǒ‿ǒ）會按捺不住剝除甲片上的鑽，她喜歡摳除、毀滅，剝掉光療後緊緊依附指甲的裝飾物、凝膠，導致甲面常呈現被刮壞的痕跡。

　　這些指頭彈奏在不同的身體。每個客人都是一個案件，（ǒ‿ǒ）將自己視為 Freelancer，有做與不做的自由。每個月需要支付母親養老院與自租頂加的費用，只要賺到這樣就夠了，（ǒ‿ǒ）甚至不需要存款，她想，她不會活到那麼老。（ǒ‿ǒ）很少回憶自己是如何來到這裡，如此才能被推半就地做下去。這樣的故事並不特別需要同情，在這個滿地傳單、充滿違建的城市，滿街都是比（ǒ‿ǒ）更哀傷的消息。

　　在這個八坪大的空間，巧妙收納了廚房與衛浴，一體成型，椅子是折疊的，室內放著折疊晾衣架，折疊沙發，那些傢俱折疊起來的樣子，令（ǒ‿ǒ）想到自己。折疊是為了省時、省空間、好收納。在超市裡，在公車

122　　　　　　　　　　　　　　　　　© 不道德索引

裡，在人群熙攘的巷弄裡，（ǒ ﹏ ǒ）都想把自己縮得很小很小，小到讓人忽視她的存在感、忽視她的來去，就像她只是一張，臨時性的，折疊椅。

　　他們折疊她時，她總是穿著不同的衣服，有些人喜歡睡衣，大多數人喜歡制服，他們喜歡把她的衣服弄壞，他們消費，施展力量，使自己重建尊嚴，再回到職場或家庭。（ǒ ﹏ ǒ）有很多職業單位的制服，排球少女的真理褲、日本女學生的水手服、蕾絲膝上襪等等，根據情境與需求，她能提供不同的幻想，像是製造一場純愛電影，一顆耐人尋味的分鏡。

　　（ǒ ﹏ ǒ）睡覺的時候只睡沙發，畢竟那張床，是她工作的場所，只要躺上去，精神就緊繃起來，好像她非得做些什麼。沙發剛好面對著窗外，狹仄的頂加鐵皮遮蓋住窗景下半部，偶爾飄來一朵白雲，或四樓獨居男子抽的菸。

　　接近中餐的時間，手機鬧鐘響了，（ǒ ﹏ ǒ）吞食一顆避孕藥，等待門鈴聲。開門，請客人換拖鞋，詢問客人要洗澡嗎，褪去睡衣，跪下，閉著眼，張著嘴，很快就結束。也剛好米煮熟了，冒著煙氣，與客人的菸混合一起。客人穿衣，離開，打開數位網銀，確認匯款。打開米鍋，將冰箱裡的小菜取出微波，午餐完食。（ǒ ﹏ ǒ）喜歡以雄偉的純鋼琴彈奏結束這樣的上午，由輕柔轉至磅礡，水龍頭的水在滴，那是（ǒ ﹏ ǒ）一個人的史詩。

　　國小時（ǒ ﹏ ǒ）是學鋼琴的小孩，老師稱讚（ǒ ﹏ ǒ）有一雙彈鋼琴的手，手指細長的（ǒ ﹏ ǒ）以自己的手

指為傲。在黑白與黑白之間，音樂讓（ǒ﹏ǒ）的指尖富有情感，她曾經在國小的畢業典禮上，為全校彈奏畢業歌，她穿著白色制服、藍色膝下百褶裙，穿進乾乾淨淨的制服裡，就像是一個好學生。煙火華麗盛放，百褶裙襬飄揚，那是她記憶中，穿著制服時最驕傲的時刻。

那個男人也曾稱讚（ǒ﹏ǒ）有雙好看的手。自由接案，始於與他的離婚。他們婚結得早，二十歲，也離得快，二十五歲。即便如此，前夫仍給（ǒ﹏ǒ）短暫的「家」的感覺，十八歲（ǒ﹏ǒ）離開了家裡，離開父親的掌痕，也想，順道離開自己的精神疾病。前夫，是讓她稍微沒那麼痛的男人。他沒有打（ǒ﹏ǒ），但有時，（ǒ﹏ǒ）寧願他能直接施予身體疼痛，精神的折磨與言語羞辱是凌遲，像一個人拿美工刀靜靜切割自己。

有時男人們從背後拉扯（ǒ﹏ǒ）的頭髮，她會想起前夫窩在自己的頸窩，搓揉她的髮尾，好像（ǒ﹏ǒ）是一個值得被疼愛的小孩似的。那些分岔明明那麼難看。

他們做的時候像洩恨，射的時候宛若完成一場完美的復仇。（ǒ﹏ǒ）只是接受。（ǒ﹏ǒ）只能與男人產生依附的關係，沒有所謂的姐妹淘、閨蜜，即便（ǒ﹏ǒ）如此渴望，仍無法擺脫恐懼人的感覺。很快地，在交友網站上認識的男人，成為（ǒ﹏ǒ）的情人，也成為她的掮客，他們將她交付給下一個人，收取費用，再接收回來。起初，他們都會陪（ǒ﹏ǒ）去婦產科，幾次以

後，他們已經習慣她身體的疼痛，能夠忽視尚未命名的胚胎，只要不去傾聽胎動，他們就可以勤奮地繼續做下去。她目睹血液順隨洗澡水漫漶腿間，胚胎正在離開自己，（ǒ⌇ǒ）的手指在自己的肚皮上彈奏，音樂才剛開始。每個如實進入她身體、在她身體遺留下什麼的人，也都很快遺忘她。當他們覺得她舊了、髒了。內射的時候，她總是特別空虛，她閉著眼睛想起那年夏天，燦爛的煙花，男孩子沒有看天空，只是看著她。

她仍像一個還沒畢業的小學生。她在畢業典禮上彈奏畢業歌，所有人都在為她鼓掌。她走下司令台，與他迎接畢業典禮最後的盛放，沒有牽手，沒有擁抱，沒有親吻，他們的白色制服被汗水浸溼，她的內衣是白色的，他的肌膚是古銅色的。煙花在一眼瞬間就放完了，徒留著飄忽不定的白煙。

夏天的結束是這樣的，（ǒ⌇ǒ）與他坐在河岸邊，藍色的天空、軟綿綿的雲朵、波光閃爍的河面，像是日本純愛電影一樣交換冰棒，融化的冰水與汗一起流了下來。當時，（ǒ⌇ǒ）擁有的大多是：慎重寫的情書字跡仍醜、擔心強風中岔開的瀏海被看見，這樣的煩惱。

他們把藍天看至夜空，他對她說，她指甲上那一枚小小純白的東西，就像今天的月亮一樣。

（ǒ⌇ǒ）往返覆蓋自己甲片上的月亮，用更亮眼的水鑽、愛心，覆蓋上月亮般耀眼的記憶。

男人們離開的時候，（ǒ⌇ǒ）會關掉冷氣，就這麼躺在床上，等汗消失。依然看長滿鏽的鐵窗花，架構出窗外，就好像，那朵雲永遠不會老。

〔裡面裡面的白色〕　　　　　　　　　　　　　**125**

技術
本位

　　那女人使勁地磨，彷彿要把另一個女人的腳底給磨平。

　　她戴著一雙黑手套，手套底下是兩串開運珠，粉紅色招桃花，紫色帶財。

　　做事時她總帶著黑口罩，讓人看不清、摸不著底細，那是她一貫的伎倆。她給另一個人的雙腳抹上軟化劑，將那些婦人足底下踩踏幾十年的勞苦一一軟化，足磨棒磨除後腳趾下緣的老廢角質，抹油時以不痛不癢的力道拿捏著客人的舒爽。

　　（ ˙ᵕ˙ ）本來不是在這個美容工作室的，三個月前，房東將房子收回，（ ˙ᵕ˙ ）索性與幾個姐妹以合租的形式開設這間美容院。（ ˙ᵕ˙ ）專職美甲服務，其他姐妹負責美髮、越式洗頭、美睫、油壓按摩。

　　這個社區從來只有男人的按摩店，那些丈夫家暴、或者生活困難、逃跑的外籍姐妹們在黑壓壓的房間裡接客，幾年前，這些姐妹們也學了一手手專業，她們不再服務男人，改為服務女人。

　　社區裡的大嬸們有了消遣，晚餐丟著要先生自己想

126

辦法，去越南美容室逍遙了。

　　這天，（ ˙ ⌣ ˙ ）接待的也是一個大嬸，那大嬸看著與她所有客人沒什麼不同。

　　她明白那些人，那些為生存忍辱負重的女人。她們曾經踩著高跟鞋，生了孩子以後就踩市場買來的塑料拖鞋，足履在日以繼夜、年復一年的奔波中磨出了病，不只是死皮沉積，冬天一到足底龜裂，她們終究在先生的債務與孩子的學費間成為一個龜裂的女人。

　　女人的腳跟一旦粗糙了，精神也不再光滑。先生去按摩店消費洩欲，她們也來真正的按摩店，透澈地打理自己。女人按著女人的肌膚，往復疼惜。

　　（ ˙ ⌣ ˙ ）告訴剛坐下來的大嬸，所有人來她這，不是做媽媽，是做女人的。（ ˙ ⌣ ˙ ）給女人洗腳、擦拭、按壓，抹上舒緩的鼠尾草、味道昂貴的歐洲精油，雖然是越南人合租的店，但這裡的紫色毛巾、貴妃椅很歐洲，女人這麼想。

　　女人稱讚（ ˙ ⌣ ˙ ）按摩著好舒服。（ ˙ ⌣ ˙ ）一看就知道對方是生人，不知道（ ˙ ⌣ ˙ ）這算不上按摩，只是一種輕輕撫摸，讓乳液滲進肌膚。

　　「姐姐喜歡按摩嗎？我們店裡有越式洗頭，下次可以試試看。」

　　「不曾按摩，我先生倒是很常，三和路上那間按摩店，黑的，妳知道嗎？」

　　「知道。」（ ˙ ⌣ ˙ ）頭壓得低低，她就是從那來的。

　　「三兩天去那消費，瘋了。我不管，不要花到我養

老錢就好。」

「姐姐妳也可以好好按摩，我們這裡服務很專業，油壓指壓都有。」

「妳幾歲啦？看起來很年輕？有談戀愛嗎？我兒子還單身唷。」

（ ٩ ᴗ ٩ ）渴望戀愛。

才剛成年嫁來台灣、生完小孩以後，（ ٩ ᴗ ٩ ）的先生中年失業了，著迷於線上賭博，輸了錢喝酒，喝了酒發脾氣，脾氣一巴掌打上來，（ ٩ ᴗ ٩ ）的臉頰熱辣辣的。她在按摩店那時候，認識不少比先生年齡大一點的男人，有的人來得習慣，消費遂成戀愛，做得太帶感情、太有勁，（ ٩ ᴗ ٩ ）也就忘了那是戲。

在那個離散緣盡之處，（ ٩ ᴗ ٩ ）真心愛過。他來時不一定做，有時只是牽著手，聊天。他們只能在這暗暗的房間裡牽手，坐在這每天換洗的床單，男人說起自己在越南峴港的事業，那曾是風光的日子，政府招商引資，旅遊事業正起，他下手得快、抽手得慢，疫情回台，已經所剩無幾。（ ٩ ᴗ ٩ ）也給男人做足面子，鼓勵他東山再起。她想要戲再長一點，他們在四坪大的房間裡幻想著那精神的原鄉，他說峴港的黃金佛手，她說南越的婆那加占婆塔，其實，那些地方他們都沒去過，但在幻想裡打點彼此，好像也一起坐上飛機，前往一場好美好美的日落。

男人年紀大，但大點好，他總是承諾下個月就要離婚，那女人又老又醜又嘮叨。轉頭稱讚（ ٩ ᴗ ٩ ）的好，

© 不道德索引

溫柔體貼，又漂亮。

「我一定會好好疼妳。」這按摩室裡的寂寞，有些是真的，有些是假的，讓人分辨不清。（ ˙ ⌣ ˙ ）信他的眼淚一定是真的。他們心疼對方的遭遇，她被先生揍的瘀青，都是這男人輕輕呵護、塗抹藥膏。

「我一定會帶妳離開。」

兩年過去，誰也離不了，兩人倒是分得痛快。

女人按著女人的肌膚，來來回回疼惜著。

「自從他從越南回來，變廢人，動手就是打人，沒別的，我已經六十好幾，還得工作養他，男人都是這樣的，妳要睜大眼睛，不過，我兒子不同……」話鋒一轉，女人又開始推銷兒子。

是啊，（ ˙ ⌣ ˙ ）愛過的男人，也是會打老婆的男人。可是說到底，她也是真的愛過他。

她一把小剪刀，仔仔細細地挑著女人指縫裡的硬刺，忐忑著不能傷著她。畢竟，這是美容業服務的基本，專業的低標。技術本位，服務親切。

去角質棒來來回回地經過一雙雙腳，形同一種永恆的刑罰。

玻璃
花瓶

　　終於寄出了今天在公司的最後一封信，副本打上所有同事的信箱後，我下班了。晚上九點，公司附近的店家都打烊，開著的只剩酒吧與飛著蒼蠅的滷味攤，壞掉的霓虹燈閃閃爍爍地倒映在水溝蓋前的廢水灘，路邊有一個人招手迎來計程車。我前往對面轉角的 7-11，站在冰箱前，充斥著每季新的零食與微波食品，而我仍在鮪魚御飯糰與和風牛肉御飯糰之間猶豫不決。這是我今天的第二餐，上次吃飯，已經是八個小時前的事了。

　　雖然公司的 Slack 上每天中午都會有人叫 Uber Eats，大約有兩三位同事會輪流當團主發起訂單，在訊息的 Trend 下有許多表示認同的可愛表情符號，還有 + 1 的留言，這裡面不會有我，因為我從來沒有被同事 @ 過。我畢業於海洋生物科技暨資源學系，許多同事起初會對我產生好奇，後來，他們都對我的科普感到乏味，「妳不應該在辦公室，妳應該在實驗室」。
　　不止一個人這樣跟我說過。我很難對他們啟齒，實驗室裡有更縝密的權力系統，每個教授會有自己屬意的

助理，物競天擇，獵捕也只是動物的本質。由於畢業的科系很冷門，找工作時我碰壁許久，第一間公司沒有拿酬勞擔任了一年的實習生，才終於拿到約聘。現在這份工作，是我第一份正職工作，可以享有儘管只有六百塊的三節獎金、不滿一個月的年終獎金以及公司勞健保，這種平凡讓我有一種對齊社會標準的安心感，我不需要出眾，更不想要偉大，只要跟別人差不多就好。

　　我待過的兩個辦公室，很自然地形成食物鏈與生態圈，所有人都能靈敏地察覺人際網路中的競食關係，判斷出誰是捕食的對象、誰是宿主。除了我以外，似乎所有人都善於生存、依附、蠶食、互利共生，發展出隱形的階級序列，那並不同於名片上的職稱。

　　大學時看過的生態紀錄片裡，樹下的動物會依序等級覓食，如獼猴在樹上吃果實，樹底下則依序是山羌、山豬、鼬鼠在不同時間來覓食，等待樹頂動物吃剩的果實丟下來。覓食時，小動物自然地群聚成團，以避免落單，在搶食時，狐獴總是會群聚著觀看遠方是否有捕食者逼近，不善融入家族團體的狐獴歪頭歪腦地站在遠方，獨自成為邊界的看守者。

　　加入公司的第一天，一批新人一起在大會議室簽完了到職書，人資在我們一邊簽名時一邊說：「明天會有一個簡單的迎新會，辦公室會一起歡迎新人們入職，請在座的各位一人準備一項簡單的表演。」會議桌上的新人們面面相覷，所有人看起來都不太情願。

回家以後，我苦思了許久，如何定義「簡單的表演」呢？要多簡單，才算簡單。從小就沒有什麼特殊才能的我，光是自我介紹就足夠尷尬了，何況是要在不認識的人面前展現自己。隔天上班，我坐在人資為我安排的位置上，其他新人們已經三三兩兩地聚集在聊天。

　　這讓我想起求學時期「返校日」的存在，寒暑假後的返校日，為什麼每個人都能這麼自然與熱烈地開口聊天呢？我經歷了一兩個月的隔離，進入班級就像怯生生的倉鼠。那時學校附近的白鹿洞只要三十塊就可以抽老鼠，大家都拚命地想抽中最高等的黃金鼠，但我卻對最廉價的三線倉鼠情有獨鍾，我喜歡牠粉紅色溼溽的鼻子在我的手背磨蹭，冬天時躺在我的肚子取暖。我就像鼠輩裡活動力較低的三線倉鼠，雖然內向，也渴望在人身上磨蹭出溫暖。我喜歡所有可以在實驗室裡解剖的動物，牠們讓我錯覺生命的弱小間，我是一個強大的人。

　　人資主持迎新會的開場，請新人們自主上台自我介紹與表演，他們成群結隊地上台，像是說搞笑短劇一般俐落地完成了自我介紹，他們的表演分別是說笑話、猜謎以及合唱。「還有誰還沒上台？」就像是小時候分組，沒被分到組別的我舉手。我走上台，拿起了直笛，吹了一小段〈小幸運〉。辦公室的五十幾個人，全都安靜下來，聽我吹直笛，我真希望，隨便有什麼事，快遞、外送，能夠打斷當時的我的演出。結束以後，只有人資一個人一邊鼓掌、一邊急忙地走上台收尾。

132

© 不道德索引

「小幸……不對，（ㄏㅿㄏ），這份報告再麻煩妳喔。」後來同事在不經意中脫口而出，我才知道，許多人在私底下，暱稱我為小幸運。我就這樣，自然地成為了，序列裡最後一個吃到果實的人。

曾經有同事找我一起去午餐，可能我無法在對的時候附和、在好的時機應聲，也就這麼一次。後來，我的午餐時間越加延遲，因為不想在熱門時段用餐，一個人碰到一群同事，因此延遲吃飯的時間。自此，無論午餐、晚餐，我總是一個人吃飯。

從剛離開公司，LINE 就不斷地響起通知，我隨即將手機調整為飛航模式。

坐在靠對外窗的座椅上，滿桌子都是麵包與餅乾屑，我以酒精噴灑後，紙巾抹除掉碎屑，碎屑落在地板上。落地窗外，許多拖著沉重步伐的人們往捷運站步行而去，他們有些花了妝、有些襯衫第一顆扣子已解開、眼屎垢掛在眼角，他們是靈魂的同類。

我以充滿儀式感的姿勢拆裝御飯糰，撕開，放慢動作小心拆開，以指腹當作撕裂的緩衝，將塑膠袋從左下角拆開來時，海苔破了。

海苔破了，我硬是將破掉的海苔包回去，卻怎樣也黏不上白米的部分，眼淚撲簌簌地掉了下來。

明明只是海苔破了這樣的小事，卻能輕易地擊垮一天。

在奇妙的時刻，感覺自己面目全非，年過二十五以

後，沒有人不是依賴工作確立自己的社會身分，每個月繳得出信用卡費與房租的確定感，讓我們以為這樣就是個人了。

吸著鼻涕，吃下第一口御飯糰，即便每次都會在兩種口味中猶豫，我還是會選鮪魚御飯糰，我就是這樣無聊的人。

今天的月會上，主管第三次斥責我的簡報非常無聊，「麻煩尊重大家的時間」，他是這麼說的。主管要我繳交一份簡報檢討報告，在今晚的九點以前 Mail 給全公司的人。

九點半，御飯糰完食，海苔掉了一桌。

如果我跟其他人一樣，能夠無視自己製造出來的碎屑，我是否就能平凡地，話人長短、扯人後腿、人前人後，成為這個社會的一分子。明知道有更輕鬆過日子的方法，但一旦選擇了它，過去自己所累積的一切就成了謊言，人生中就是有這樣的時刻。

成人以後，我意識到比起說謊，更困難的是面臨到另一種狀況：你沒有說謊，你只是無法說實話。第一次面臨這樣的狀況，是在小學五年級的音樂課。下學期最後一次段考，音樂老師讓同學們分組參加團體直笛考試，曲目可以選擇音樂課本上的歌曲，也可以選擇愛聽的流行歌。音樂老師有著一頭溫順的黑長髮，總是穿著針織衫與碎花洋裝，班上最屁的男孩子，看見這樣的老師，也都不自覺安靜下來，聆聽老師指尖流溢出的鋼琴

134

聲。我喜歡音樂老師身上香香的味道，每堂課，老師會讓幾個跟不上進度的孩子留下來，但她從未表現出高人一等的態度，更沒有將我們這些孩子視為問題人物，音樂老師耐心理解我們的困擾，她知道，我的小拇指總是按壓不實直笛的孔洞，發不好完整的 Do。

學期末的合唱考試前，同學們都找好了組別，我卻連「請問可以跟你一組嗎」都問不出口，大家都有了自己的歸屬，除了我以外，也有零星幾個同學尚未分到組別，無需舉手，就能確認這樣的事實，這幾個同學，大多是因為各種奇怪的原因而在班上被霸凌的對象，除了我以外。我的同學們從未霸凌我，他們只是，無視我。我最常說話的對象，是二十九號，由於我是三十號，值日生抬便當時必然被安排與二十九為同一個組別。我喜歡這種粗暴的分組方法，無論你是誰，總會有人跟你一組。

「妳音樂課還沒分到組別吧？」二十九號說。

「怎麼了？」我不知道二十九號為什麼會這樣問我，難道她也沒有分到組別嗎？

「妳要不要跟我們一組？」二十九號說的「我們」還有二十六號、四十三號。那是她在班上歸屬的群體，即便二十九號常在抬便當時跟我說她們的壞話，但仍總是三人走在一塊。

「事實上，我不想要表演 S.H.E 的歌，因為她們分配給了我我最不想要的段落，如果是四人合唱，我們就可以換成蜜雪薇琪，兩兩一組，重新分配段落。」

「可是，她們會答應嗎？」

「會吧，我就跟她們說，是音樂老師分配的！」

我終於有了組別，下課時，與二十六號、二十九號、四十三號一起在司令台上練習，看著彩霞在我們眼前展開，那幾乎是我國小最美好的記憶。

考試那天，我們四個也一起從教室出發，步行到音樂教室的路上，四個人咯咯笑個不停。開始考試時，音樂老師按隨登記表上的號碼次序喊同學上台，終於到了我們這一組。

「二十六號、二十九號、四十三號，換你們囉。」音樂老師沒有念到我的號碼。她們三人並肩走上台，我坐在木椅上的屁股不自在地挪動了一下，猶豫著是否也要自然地站上講台時，她們自然地開始了合唱。

音樂老師沒有在課堂上請我起立。下課後，她輕聲地留下了我。

「妳沒有報名考試嗎？還是老師有漏了名單？」

我緊緊捏著口袋，腦袋運轉不出任何理由。

我不想讓老師知道真正的理由。

「妳有什麼困難嗎？需要老師幫忙嗎？」

沒有，老師不要幫我，老師請不要幫我。

我憋著嘴，老師看我不願作聲，苦思了許久。

「這樣好不好，妳在下次音樂課之前，下課時間來找我，妳自己表演給老師聽，讓期末考也有成績。」

我輕輕地點點頭，怕晃出了眼淚。

回去以後，二十九號傳紙條說：「妳不應該幫三十一號撿考卷。」國文科目段考時，二十六號傳給後方座位三十一號的考卷飛到我腳邊，二十六號將考卷撒

到地板。

　　我沒能成為 S.H.E，也沒能成為蜜雪薇琪，期末考與音樂老師獨自在一間空蕩教室裡，我演奏著蜜雪薇琪的那首歌，始終發不好 Do 的音。

　　所有人都有能回味的青春期金曲，只有我避免聆聽九〇年代的華語流行，在那個 Mp3 銜接 iPod 的年代，每一首歌的畫面都只有自己，在放學的路上 Repeat 著。

　　我的耳機開起降噪模式，播放 The Black Skirts 的〈Everything〉。更加喜愛 The Black Skirts，是在發現他是一人編制之後，只有一個人，也可以同時完成創作、演唱、演奏、製作。我與走在路上的行人並無二異，我們都擺出冷酷的臉孔，耳機裡聽著 K-POP，心裡跟隨音樂擺動。深夜的街頭，紅磚路上躺著一張張廣告傳單、候選人面紙被雨淋溼後黏在柏油路面，零星的人散漫地站在公車站牌旁。我很喜歡這個城市的禮貌，上公車時，年輕人會自動讓老人先走，不像我出生的小鎮，爭先恐後的樣子。不過，有次公車上遇見了一個不斷喃喃自語、腿間留下尿液的的老人，沒有任何人向前關心，只是順隨乘客下車的動線、離他更遠，包括我。城市展示著冰冷的禮儀與文明，我學得很好。

　　回家的公車上，滑著臉書，公車上每個人從事著反覆一致的動作。鄰座的女生在限時動態的發文上打了又刪。臉書的動態牆是大同小異的消息，飛彈在飛，同時政治人物爭辯論文的真假；地震時，人們的貼文比地震

簡訊通知更早發布。大學總在社運帶頭的憤青也終於成為了幕僚，成為選舉時拉攏憤青、社運時站在憤青對面的那種人；小學時班上不起眼、排名倒數的同學因為玩股票早早實現了財富自由，疫情期間發著歐洲遊歷的打卡；與我在同一間公司實習的實習生，因為拍了 YouTube 爆紅，再也沒進公司上班。

我的動態牆上，第一則貼文是兩年前離職聚會、前輩標註我的祝福貼文。我並沒有如他所說「邁向更好的發展」，據人資同事說，前輩在接到這間公司的 Reference Check 時，狠狠數落了我一番。飛航模式關閉以後，通知持續在響。全都是一些平日不熟的同期，點開──

「發生什麼事了嗎？」

「要出來喝一杯嗎？」

「怎麼這麼突然，需要聊聊嗎？」

我因為性格內向，不太與人搭話，更別說停留在茶水間的八卦裡浮沉。平日講不到兩句話的人，忽然變得熱絡，人們就像趨光的蟲一般，往火熱的消息圍繞，就像蠕動的蟲子身軀，直直向我逼近。在辦公室的日子，我也有自己的生態系，那些爬行於我桌面的蟲、螞蟻，會被我殘忍地以食指拇指捏著，有時我會抽掉牠們的兩隻腳，有時我會以橡皮筋圍繞住螞蟻，慢慢地觀看，靜靜地死亡。

全公司都收到了我的檢討報告與離職信。第一個傳訊息給我的同事，是曾經因為「便當事件」與我鬧得不

138

愉快的同事。

　　為了合理化沒有人找我去吃午餐這件事，我開始帶起了便當，自己煮的時候，裡面多半是一些隨便調味的水煮料理，大部分則是下班後我在回家路上於便利商店購買的便當，我將那些便當從微波餐盒中取出，放入自己的玻璃便當盒後進行微波。每天，我幾乎是在所有帶便當的人都用完之後，才去茶水間微波便當，那大約會是下午一點半以後的時間，公司沒有固定的上下班與午休時間，這也意味著公司能夠在任何時間要求我回應信件、電話、訊息。

　　不過，在 104 上求職的年輕人看見「無需打卡」卻都以為這是個彈性自由的公司。同往常在一點半微波便當，我卻發現那天我的便當被拿到冰箱旁的垃圾桶蓋上，微波爐裡，正在旋轉著另一個便當，起初，我不以為意，但接連三天，都發生這樣的事件。一般，我會將便當放進微波爐裡後，就回到座位再工作一下子，聽到微波爐發出的「叮」聲後再去取回便當，從我的座位走到茶水間，大約需要四十秒的時間。為了查清楚是誰將我的便當放在垃圾桶蓋上，這天，我站在微波爐前等待我的便當完成。不過，卻沒有任何人進來茶水間。隔天，我按照慣例回到位置上，取回便當時，便當再次放在垃圾桶蓋上，同時留有一張紙條：「微波爐為公共品，請自愛。」

　　我成了微波爐小偷。辦公室裡有一個「薪水小偷」的群組，我常看見鄰座的同事點開這個群組，在上班時

間同事們大肆聊著團購食品、附近新開的店，他們在會議上互相贊同對方的提案，公司的政策與運行，由小小螺絲釘的運轉方向決策前進。比起微波爐小偷，我也想成為薪水小偷。這位微波爐同事，並不知道我認得她的字跡，由於我是辦公室裡最菜的人，經常要互相遞送其他人的企劃書，我常常替主管送企劃書審核文件給微波爐同事，上面會有微波爐同事的簽名。當她熱切地詢問我「發生什麼事了嗎？」時，我露出詫異的神色。沒想到討厭我的人，甚至沒有太多交集，除了接收文件時說「謝謝」，我與微波爐同事幾乎沒有其他對話過。

我想，在「薪水小偷」的群組裡，大家應該正在推測著「有人知道小幸運怎麼了嗎？」、「Shit，小幸運的離職信太猛了」、「欸你不是坐小幸運旁邊，你知道些什麼嗎」。

鄰座同事，偶爾會跟我聊天，她讓我想起了二十九號。鄰座同事比我早進公司三個月，但她與所有人處得彷彿歷時三年，他們會在下班一起去夜唱，偶爾也會互相介紹對方的好友給彼此認識，在酒館或夜店進行類似聯誼的活動。鄰座同事有次沒和大家出門吃午餐，她吃著沒吃完的早餐，在我低頭吃便當時和我搭話。

「欸，我問妳，如果一個女的明明是大胃王，但在有男人的場合，卻假裝自己是小鳥胃，妳覺得，這種人該跟她做朋友嗎？」她開始詳述與其他同事們進行假日露營時發生的事，那些事情非常瑣碎，舉凡：A只會假裝會做菜，殊不知她都是看著 YouTube 下廚；B 素顏起來妳知道多誇張嗎，我都不敢目睹；C 真的是瞎妹，也

才喝兩杯，居然就靠在 D 的肩膀上傻笑。從 A 到 Z，都是鄰座同事在公司要好的對象，她們在「薪水小偷」的群組裡，一起講老闆、主管、與小幸運的壞話，謀取同一個討厭的目標，緊密團隊的向心力。即便她問我「這種人該跟她做朋友嗎？」但，當 A 午餐回來帶了一杯四季青無糖去冰給她，她仍會用撒嬌的聲音接下來，轉過頭來對我白眼。保持著窈窕身材的都會女生只喝無糖茶，她們只會在回家脫下內衣、趴在床上看韓劇時大肆攝取熱量，人們從不輕易在光天化日下坦露自己的劣勢，藏拙是身處於這個生態系首先要學會的技能。

　　跳出另一則通知，是 Mail 的回信——

Fwd：企劃部（ㄅ●ㄅ）報告檢討 & 離職信

（ㄅ●ㄅ），

我知道妳對我有很多不滿
妳不接我的電話不回我的訊息
也許這是我最後能聯絡上妳的管道
我希望妳告訴 Leo 這封信只是妳對我的狹怨報復並不是事實
妳可以一走了之
但我已經在這間公司十年了
有什麼事我們可以好好談
有必要為了一個檢討這樣搞我嗎

〔裡面裡面的白色〕

還有，再次聲明，KTV 那次我以為我們是兩情相悅
如果造成妳誤會，我很抱歉
我們都是成年人了
妳跟我一樣從高雄上來
就像我妹妹一樣
我只是想多照顧妳一點

　　直屬主管並沒有副本其他同事。直屬主管第一次說我「無聊」是在公司去年的尾牙，尾牙於一間氣派的飯店進行，大啖龍蝦、片鴨、烈酒，很快地，人們抽完獎金就醉成一團，我沒有中獎的運氣，只拿到了客戶送給公司業務部的公關品，一個玻璃花瓶，那只玻璃花瓶由回收玻璃製成，表面雕花精緻，在不同角度還能看見不同光澤，專門製作玻璃花瓶的創業團隊低價向海岸線做回收的老人們收購玻璃，募資平台上則以環保公益等名義操作出高額售價，成功地成為進入天使輪 A 輪的新創團隊，創辦人也來參與了我們的尾牙，在我上台領取獎品時，主持人要我發表意見，我識大體地說：「這個玻璃花瓶集善良、美麗於一身，很榮幸可以得到它。」我總是努力擠出人們想聽到的話，沒想到，卻得到直屬主管「無聊」的評價。

　　「喂，妳真的很無聊欸，這種場合沒有人想聽這種正經話啦。」主管從鄰桌移身來我旁邊空著的座位，這個座位已經空著很久了，他們早已前去其他桌別，開始各種敬酒與酒拳。我慶幸他往我走近，在這個所有人都有對話對象的包廂裡，至少我不算太突兀。直屬主管坐

　　　　　　　　　© 不道德索引

下後，我便聞到他身上散發出的酒氣，他解開領帶與第一顆扣子後坦露出的肌膚都紅了。

「妳也來兩年了吧？怎麼還是這麼認生啊？」

直屬主管見我不答，逕自話起當年、說著在公司裡的生存方法。

「其實，也沒那麼難，妳看看，偶爾跟大家出去吃個午飯，找點時間在背地裡指點別人，很容易的。」主管全部都知道，我在辦公室裡形同空氣的事實。

我只是「嗯嗯嗯」的回答與傻笑。

「走，出去抽根菸。」

「我不會抽菸。」

「傻啦，陪我抽菸。」

進入社會也有三年多，第一次有人找我抽菸，我有一種融入團體、與他人終於齊頭的錯覺。我沒拿包包，跟在主管身後，保持適當的距離，就像他的小跟班一樣搭著電梯到 Lobby。主管似乎對飯店熟門熟路，繞過他們的員工休息室、開啟一道鐵門，抵達戶外。

「知道我為什麼這麼熟嗎？」主管像是早就準備好了這個問題，或者說，為了展示出這個問題的答案，不帶我直接走旋轉門到戶外，而是選擇蜿蜒著走，抵達員工們專屬的抽菸處。

「每次老闆在這裡處理茶葉，我都負責幫他看門，就像他的狗。」

「妳不懂啊？真笨，難怪辦公室裡沒人要跟妳吃午餐。」也許只有我知道，辦公室裡，自己吃午餐的，只有我跟主管兩個人。

「政治獻金啊，每次選舉都要的那個。」主管以拇指與食指比出數錢的模樣，樣子很像蒼蠅。

「妳以為他真在反核啊？他做廣告，是因為他有收錢，運動咧，根本是黨搞出來的，現在這個年代，有錢什麼狗屁都能搞。」主管的打火機點了好幾次才點燃，就像發不動的機車。

「原來如此，我知道我們有做政治，但原來這筆預算也是別人給的⋯⋯」

「廢話，妳以為，他是夢想家嗎？他是商人，一個把自己當成明星的商人，整天去演講什麼自由、平權，一個老色鬼說支持女權，太好笑了，根本是因為那個偶像立委給他上。」

「主管，風好像有點冷，我們要不要先進去？」我並不想知道的太多。

「進去幹嘛？看人臉色啊，我們還不如在外面吹冷風，陪笑等於上班好嗎，在這裡爽多了。」

沒有他的應允，我不敢離開，他已經抽了第三根菸。上班時，同事們經常相約去頂樓抽菸，不知道他們是否也像主管一樣，需要的並不真正是呼吸，而是一吐為快，在這個烏煙瘴氣的城市裡，每個人都像一台老廢的機車，吐著廢氣，吸著廢氣。

「你要不要試試看？」

上次對我這句話的，是大學社辦的學長，我吸了第一口菸，從此再也沒有試過。接手過主管抽過的菸，當我的嘴唇含上菸嘴，感覺自己似乎是在吸著他沾染其上、溼潤的口水，我小心翼翼地吸了一口，順利地吐出。

144

「妳要再吸進去一點，來我教妳。」跟著他做事許久，主管能教我的，居然只有吸菸。

「嗯，大概就是這樣。」經歷了兩三次，他終於放過我。他拍了拍我的肩膀，我下意識地退了一步。

「應該差不多要閃了，我們走吧。」第一次，有工作上的人指稱出「我們」。

我依然像個跟屁蟲，跟在他身後，穿過迷宮似的格局，走回包廂。

一走進包廂，幾個同事看見我們後面面相覷，老闆喝醉了，跟蹌地跑過來，抱住主管，強求他去唱KTV，主管說要送他回家，但老闆十分堅決。

「走啦，不要掃興，妳，妳是誰啊？妳也去！走走走。」本名「林添財」的老闆只允許別人喊他「Leo」，他從一個小小的職員心狠地往上爬，腥風血雨的過往常在同事間謠傳，對得起森林之王的稱號。他肥碩的身體一手搭上我的肩，我與主管兩人勉強支撐他往前走。

老闆拖著一行人到了一間酒店，原來這就是他所說的KTV，我是唯二被老闆一起拖過來的女生，另外一位業務部的女主管，她氣定神閒地走進包廂，即便是剛剛已經以威士忌與老闆拚酒一輪，她仍絲毫未顯醉意。

「不要再看她了，她會注意到。」主管用拐子提醒我。「妳也看出來了吧？她懷孕八個月了。」

「懷孕？」

「幹，都八個月了還不在家躺，肯定是怕位置被我搶走。」明年春天，副理將離職，這表示公司的高層會

空出一個位置。

　　女主管坐在一群濃妝豔抹的年輕女孩旁邊顯得很突兀，她上班只穿褲裝，在辦公室裡經常操著髒話，做事起來比男人更凶狠。

　　主管安頓好了老闆與客戶，再次找我一起出去抽菸，終於抓到了這個機會，我拿著包包，跟他走了出去。

　　「抽菸幹嘛不在這抽，別想跑啊你們。」帶著濃濃鼻音與醉意的老闆遠遠吆喝著。

　　有點茫的主管攬著我的肩膀，按下電梯的下樓鍵。他的身子很沉，我也不敢輕舉妄動。

　　「今天又要通宵了，幹，既然如此，尾牙幹嘛不選禮拜五，我還要伺候他們。」主管踢著酒店前的菸蒂筒。

　　「主管辛苦了。」我要適時的答話，才能找機會提出「我先走一步了」。

　　「辛苦死了，操，整個世界這麼大，只有妳懂我啦。」主管掛掉了一直在響的電話。

　　「主管，你不接嗎？」電話再次響起。

　　「沒什麼好接的，反正不是要錢就是要飯。」主管開始抱怨起家裡的妻小，同時一行人從酒店門口跟蹌走出，我們被擠到菸蒂筒旁邊，他身體靠得更近，我幾乎能聞到他鼻息熱熱的酒氣。

　　「主管，可以了，他們走了。」主管一下子把嘴巴堵上來，我嚇得不敢動，我緊緊閉著嘴巴，感受到他肥厚的舌頭死命地往我的嘴唇鑽掘。主管停止以後，抱著我，把頭塞進我的頭髮裡，一直說我很香。電話再次響起。

146

「Boss，是，沒有，我哪敢走，馬上！是！」主管掛了電話。

「我先進去啦。」他滿臉通紅地對我眨了眼。

我站在原地，身體僵直地無法動彈，也無法給出回應。主管離開後，業務部的主管與他擦肩走出。她見我一個人站在那邊，瞅著我一會兒。

「以後不要隨便跟出來抽菸啊，白痴。」

隔天的星期五上班，我的直屬主管與業務部主管，皆裝束整齊地來上班，他們依然精神抖擻而開朗，彷彿沒有人記得昨晚發生的事，彷彿所有人都是身心健全地活著。

然而，安好的日子並沒有維持太久，就在要遴選副理的前一個月，公司高層約談了直屬主管，我並不知道他們談了些什麼，但會後，主管用 Slack 私訊我。

「妳是有跟高層講什麼嗎？還是妳有跟同事亂講什麼？」

我們心虛的，是否為同一件事？

「主管，我不知道您在說什麼。」

我想，這會是他想聽到的答案。彷若事件沒有發生過。但整個公司地底消息沸沸揚揚地滾燙著，同事們的 LINE 群組訊息在上班時間比 Slack 還頻繁響起。為了消滅謠言，主管做出許多對我不友善的發言與舉動。無論是在客戶面前，或是同事面前，他都像是一個心虛的小孩，為了一個謊言，說出更多謊言。

我回了待在公司的最後一封信，並且副本所有公司的同事，沒有署名，因為我已經不再是這間公司的員工，不需要 Dear、祝好、Sincerely、敬上。

　　信件上獨獨只有兩行字，以此作為我對這間公司的道別——

　　我是雲林人，不是高雄人。

　　離開 7-11 前，我用公司給我的中秋節禮券買了六杯哈根達斯迷你杯，六百元的禮券還剩三十元，所以我再買了一個鮪魚御飯糰，不多不少地，討回賒欠我的。搭到面對面坐的公車格局，無法躲開對面的視線是這個城市最暴力的親密性，比餐桌更窄的距離，我繼續低頭滑著手機，空氣裡飄來鄰座吞吐的氣味。所有人都是三線倉鼠，在跑道上沒有盡頭地奔跑著，只有反覆，可以讓人類得到生存的感覺。

　　我坐的位置正好是向後的，能看到道路、時間不斷被拉長，目睹自己被遺棄。比起看著該抵達的地方，看著後方時，因為目的不見了，反而更安心，我凝視著一般視線的死角裡，遠方大樓外正在清洗外牆的人，拖行著回收物的阿嬤，還有一個，沒有趕上公車、大力揮著手的人。

148

（裡里忘
紅絲母）

她總是非常仔細地清理手指，指甲溝裡的汗垢、指緣的倒刺。她喜歡注視那些撕好的皮，剝至薄透所透露的淡淡粉紅雛鳥似的，輕微發炎不至疼痛。同時，她想像一下子斷筋錯骨地刨除倒刺，歇斯底里的血水潲漫而來。

每天早上九點打卡上班，她面對鏡子，一綹一綹歸納翹出的髮絲，鬢角收得服貼，刀柄抵住眉間削落雜毛。因為太過乾淨，她總是覺得世界很髒。

妹子
的名字

妹子擁有很多 Hater，但所有 Hater 都曾是妹子。

妹子的 Hater 們來自那些不再是妹子的人，或是自我認同光譜落在 Buddy-Buddy 的女生，討厭妹子的嬌氣、年輕、無知。

當然，妹子們不只是這樣的人。她們在父母眼中，各個是這世上僅有的獨特的孩子。只不過，普世裡，妹子是一群沒有名字的人。（✿ ˋ ㅅ ˊ ✿）也曾是這樣，公司的前輩喊她妹子，同期的實習生喊她妹子，送快遞的大哥喊她妹子，樓下的警衛也喊她妹子。所有人都認為，妹子是一種稱讚，比如，水水、正妹，這樣的代名詞，唯獨（✿ ˋ ㅅ ˊ ✿）心裡不是滋味，可她這種不是滋味說出口，又顯得不近人情。她就會變成網路上那種，被討厭的女權自助餐。

她已經在這間公司六年，沒有比她更菜的新人進來，她成為了資深妹子。

是啊，只要妳是生理女性，路邊的阿貓阿狗老王老李都可以喊妳妹子，（✿ ˋ ㅅ ˊ ✿）心裡明白得很。

「妹子啊，妳等會會出去買便當？順路買杯咖啡

（裡面裡面再裡面的紅色）

吧。」開會前，直屬主管這麼說。但（❀ ৽ 人 ৽ ❀）每個中午都是微波自己的便當來吃，主管就坐她對面，沒道理不清楚。薪水是她兩倍的主管，從未給她買咖啡的錢。

「哎唷，今天會議有妹子喔，客戶應該會給我們好臉色看吧。」那個比她晚進來的男同事，下個月就要晉升為小主管。在會議上，這些男人負責遞名片，接著交給（❀ ৽ 人 ৽ ❀）做簡報，他們會在交接文件時，有意無意地觸碰她的手指。但案子成交時，也總是男人握男人的手。

「這個月聚會要去哪？妹子比較懂，提個案吧。」其他部門的女主管，也這麼說。而這些女主管的二十八歲，與（❀ ৽ 人 ৽ ❀）並無不同，她們也是做到那個分上，才坐到這位置上。

妹子是一種因為擁有美貌與年輕資產而被輕視的身分，（❀ ৽ 人 ৽ ❀）想，那並不同於早餐店阿姨喊帥哥美女的親切，以「妹子」為起手式的發言，總是帶著特定假設，假定妹子是專門來公司泡咖啡裝訂文件的，假定妹子是傻白甜，假定妹子是辦公室宮門的始作俑者，假定妹子因為無知、能夠接受所有支配者的權力遊戲。

（❀ ৽ 人 ৽ ❀）確實也擅長這些。她很懂得拿捏分寸，主管也常在外人面前稱讚她知進退。她適時地露出傻白甜的笑容，應對頻頻伸出的鹹豬手；她在粉紅緋聞來去的茶水間搭上一句話，免得自己淪為被說嘴的對象；她在會議上察言觀色，在主管需要笨蛋的時候假裝不懂。時光曾是那樣的。

152

直到有一天，妹子不再是妹子，有人喊她一聲姐，（❀˙人˙❀）忽然覺得自己精神都被喊鬆喊垮了，那就像是一個獨裁政權的垮台，文明興起的是另一個獨裁。她使喚著另一個妹子，她明白妹子的軟肋、不甘心、為了底薪拚命搖著尾巴的模樣，偶爾她施捨，偶爾她使喚。她對妹子惺惺相惜，嫉妒，又憎恨。

　　（❀˙人˙❀）討厭妹子在夏天來臨的第一天，穿上平口洋裝，也討厭妹子嘴唇間發亮的珊瑚橘，妹子身上不用香水就飄來好聞的氣味，她的臉蛋無需膠原蛋白粉也如此無瑕。當她開口的時候是笨蛋，當她閉嘴的時候是傻瓜，無論是哪一種，都能讓人輕易地原諒她。

　　她在心底瞧不起那些人。醒醒吧，等妳再活十年，妳會後悔因為分手而請的失戀假，拿薪水去養念研究所的男友前先掂掂自己的存款好嗎。客戶深夜的訊息當然是眼不見為淨，去開會穿什麼短裙啊，一旦妳褲底的什麼被遐想，沒人會在意妳腦袋裡的東西。白痴，隨便說「對不起」別人可是會小看妳的，除非失手殺死了業主，千萬別道歉。喔喔，妳還有熱情在公司熬夜到兩點……可憐哪，妳那些未來的醫美基金。欸，賺錢很辛苦，記得要回主管要妳買的八十七杯咖啡錢啊。等到妳甘願花錢買專櫃保養品，會選擇訴求不顯老、桃花色的化妝品，然而比起化妝品妳又更重視保養品，那時妳就知道了。

　　（❀˙人˙❀）在心底瞧不起過去的自己。

　　時間只會站在妹子那邊，所以（❀˙人˙❀）得對自己誓死捍衛。（❀˙人˙❀）不斷地提醒自己，沒事的，沒事的，她已經是姐了。公司裡哪怕是老闆，也不

叫她妹子了。（❀人❀）不斷練習大人的口吻、世故的眼神，對溫暖的事物冷漠，冷淡著別人的冷淡。

　　直到有天，（❀人❀）去到了一個高階經理人的酒會，彼時她已經三十八歲，頭髮裡層有好幾根因憂慮早生的白髮。現場的男人們皆有頭有臉（在現代，只要有拿得出手的名片就是有頭有臉了），他們多是四十幾歲，妻小俱全，男人們擁有的學歷資歷（❀人❀）都可以以時間與努力一一打敗，唯獨一點，是她永恆的宿敵。

　　當他們說：「這我妹子介紹給你認識，工作能力很優秀。」那棉語裡有針，暗處是刀，意味著妳的優異與榮耀，也是我所授予。當他們說：「妹子啊，敬妳一杯。」那暗示著，（❀人❀）此時應該放下自己的身段，替他們斟一杯酒。她一邊笑呵呵地乾杯，一邊在心底輕視那些輕視她的臉孔。當她購買商管書籍時讀到「女性是世界二分之一穩定的存在，用溫柔創造商機」這樣的書籍介紹，她在骨子裡笑得發寒，為了破壞這種無害的平衡，她勢必要比掠食者更嗜血、更狼性、更膽敢，成為一個奪取者。

　　於是那人要她斟酒時，（❀人❀）一個眼色使給那位實習生，這女孩還踩著白布鞋啊，（❀人❀）既嫉妒又輕視。

　　（❀人❀）已經敢踩上五公分高、不畏懼任何視線的紅色高跟鞋，仍然對妹子是慶幸還是不幸感到迷惑。

154

深海女巫
的魔法

每當人們說話時，都像是魔咒，他們使她失語，他們要她安靜。

「妹妹，妳燙捲髮喔？直髮比較好看。」拿包裹時，公司大樓的警衛說。

「哎唷，新衣服啊，不錯不錯，不過哥建議妳，下次可以買淡黃色的，比較襯妳膚色。」開會時，直屬主管說。

「妳怎麼買這個規格的？ 3C 產品先問我啊，妳們女生很容易上當欸。」同事對著她的新手機說。

「公司派妳來啊？真沒誠意……不過見面就是緣分，簡報裡最好不要用粉紅色，這會顯得妳很不專業。我看妳不懂才說，妳同事應該是推妳來被炮。」在第一次見面的客戶面前，他說自己憐香惜玉，接著分享他牛津大學畢業做簡報的一些「淺見」，聊著更多牛津大學的校園生活。

小美人魚，我是小美人魚。ㄋ˙ㄜˋㄜˊ 提醒著自己。

（裡面裡面再裡面的紅色）

155

「小姐，一個女生吃這麼多不好喔，現在年輕人壓力大，我聽說過暴食症，還是妳是易瘦體質，我看妳很苗條啊。」買晚餐時，賣滷味的阿伯說。

「我不是跟妳說過泡麵跟湯要分開嗎？還有妳可以不要再去接睫毛了嗎？那個睫毛都掉在水槽裡會堵住欸。」在終於抵達租屋處的十一點，在家打了一整天電動的男友說。

３๐๒๐ξ 不知道如何反駁，因為她不知該如何指正一件沒有正確答案的事，但偏偏有人可以說得這麼確信。

在 ３๐๒๐ξ 的世界裡，絲毫不缺乏男人對她的指教。前男友也是愛說教的人，只是他學歷比 ３๐๒๐ξ 好、薪水比 ３๐๒๐ξ 高，論聰明……吵架時他常常對 ３๐๒๐ξ 說：「妳講話好沒邏輯，可以整理好再來論述嗎？」前男友常常在臉書發表只有兩個讚的政治小論文，可能他也是比 ３๐๒๐ξ 聰明的吧。

「乖啦」、「聽話啦」是前男友最常哄 ３๐๒๐ξ 的話，讓她活像個毫無抵抗能力的未成年少女，讓她失去發聲的資格感。

小美人魚，然後他會以「我的小美人魚」哄著她，因為他們是在游泳班認識的。

３๐๒๐ξ 在尋找下一任男朋友時，下定決心要找一個比自己笨的對象。剛開始，他一切都很可愛，年下男，待業中，擅長撒嬌與裝萌。「原來五月是繳稅的季節啊！」有時他的無知甚至會讓 ３๐๒๐ξ 有點心動。但是

156

交往兩年，軟爛在家啃女友的年下男，也成了一天到晚碎碎念的男人。ㄋㄛㄥㄜ安慰自己，哎，至少，他不會在吵架時戰邏輯，因為他的邏輯已經低到十八層地獄。

「嘖，台灣女權就是過太爽啦，我連吃個泡麵都要看老婆臉色，早知道我就不要投蔡英文。」ㄋㄛㄥㄜ無視他，看了水槽沒洗的碗一眼。

至少她在這些混蛋身上發現，越無知的人，越愛說教。

究竟這個世界的標準是什麼？是什麼讓男人確信，他們可以毫無羞愧地指點任何一個女人。

ㄋㄛㄥㄜ在多數進入社會的成年男性身上發現：他們希望妳是個乖女孩，引導妳接受成年男性的瞎妹訓練；他們的好意不請自來，他們的看法滔滔不絕；他們要妳安靜、害怕、知道誰是老大。

ㄋㄛㄥㄜ發現自己只要面對這樣的男性，就會自動閉嘴，為了避免衝突，她下意識同意他們說的話，接受建議與責備，即便她在理智上知道這並不正常。在職場上與男人說話讓她備感壓力，這種情況越趨嚴重，她會避免與男性客戶通話、只使用信件溝通，甚至避免自己與男性的客服人員對話。

有一次，她在社群分享自己的影評短文，看到下方小學同學回文說「我看妳是沒看懂 XD」時感覺理智斷線，卻只是加上笑臉的 Emoji 回覆「真的嗎但我很喜歡」。

ㄋㄛㄥㄜ對自己感到生氣，因為她不知道可以對誰

生氣。因此，她尋求諮商。

諮商室裡，諮商師眼神溫柔地聆聽著ㄋㄧㄠˊ，雖然他是個男人，但ㄋㄧㄠˊ努力地放下戒心，心想自己要是這麼挑剔就太不男女平等了，於是她努力地、一點一點說出自己的「症狀」。

「這不是病態喔，這只是因為整個環境壓迫妳做出這樣的反應，我們可以回頭想想看，是從什麼時候開始，覺得自己說話總是看人臉色呢？」諮商師的肯定讓她的心防漸漸卸下。

ㄋㄧㄠˊ回想到小學時期，自己到小四都是拿校長獎，直到小五，她沒有拿到第一名，老師把她叫到教職員辦公室。

「乖女孩，妳知道妳為什麼這次沒有拿到校長獎嗎？」

ㄋㄧㄠˊ搖搖頭。

「ㄋㄧㄠˊ，妳所有學科都是第一名，但是在這次校長獎的導師評鑑中，唯獨自然老師沒有給妳滿分，聽說妳在課堂上頂撞老師？」

ㄋㄧㄠˊ搖搖頭，因為她沒有。老師說錯了實驗組的生物，她只是舉手告知。

「ㄋㄧㄠˊ，妳沒拿獎，不是因為妳不夠努力，而是因為妳不懂得尊重別人，尤其是大人，要給男生留點面子喔。說話要學習看場合，有時候，善意的謊言是很重要的喔。」

老師也是兩個小孩的媽媽，她也會對自己的孩子說

「善意的謊言很重要」嗎？３₀₂₀６在心裡猜測。

　「妳知道小美人魚的故事嗎？」這是記憶中，她對老師最後的印象。

　小美人魚，為了有雙能夠行走的雙腳，必須失去自己的聲音。

　３₀₂₀６對諮商師的告解越來越深，她開始說職場前輩與前男友的說教如何讓她開始懷疑自己。她告訴他，她只是想要表達自己的想法，安全地說出想出的話，她想知道自己有資格說話，就這樣。

　「所以，你覺得我可以怎麼改變呢？」眼看時間只剩十五分鐘，她對諮商師拋出疑問。

　「其實，妳能夠說出來，已經是非常了不起的事了，諮商不是為了逆轉，而是為了看見被防衛機制所阻擋的創傷。」話說到這分上，如果３₀₂₀６還懷疑諮商師，那就真的太敏感、太刻薄了。

　他推了一下滑落至鼻翼的眼鏡，繼續說：「有一點，妳可能不太清楚，男人們會這樣，並不是因為他們是男人，妳懂我意思嗎，恰巧我是男人，就讓我來告訴妳吧。」諮商師說。

　３₀₂₀６終於明白當年老師說的，好像現在才從那所小學畢業。老師是否也像小美人魚一樣，為了得到行走的雙腳，往後的人生，都得忍受如刀割般疼痛的每一步。

　她知道自己其實是深海女巫，比起善良，去愛，她

（裡面裡面再裡面的紅色）　　　　　　　**159**

更想行使邪惡，以獲得自己想要的東西。她想奪取世界上所有權力與美貌，她想像烏蘇拉一樣去傷害別人。所以她將繼續閉嘴，保有聰明的祕密，然後她會等著，等待她可以使出黑暗魔法的那一天，她願望自己活得更惡毒，直到活成一句髒話，足以使那些不痛不癢的人感到不快。

在諮商室裡，Ʒ ◔ ﻌ ◔ Ɛ 自覺像美人魚腳邊的泡沫，被襲捲與淹沒在這個漫長的黑夜之中。小美人魚的奇幻冒險，才正要開始。

仙度瑞拉
的午夜馬車

（◉'ㄥ'◉）曾經討厭性愛，就像她討厭做家事那樣，她必須掃地、拖地以維持家中的秩序，使同居人也安於居所。家事與性愛雷同，為了維持某種平衡，總是得做，透過做，可以使某人擁有施予空間、身體的權力，從而得到依附的安全感。

做時，（◉'ㄥ'◉）感覺自己在被清掃，被戮力地、狠狠地刷淨。男人們即使不做愛，也會頻繁地自慰，每當同居人自己在廁所裡解決，（◉'ㄥ'◉）會懷疑自己不夠有性魅力。她曾與五個男性發展出性關係，他們對待她身體的方法如出一轍。（◉'ㄥ'◉）討厭那些伸出舌頭的親吻與蠕動，這讓她聯想到水蛭，觸摸乳房與陰部的手指則是觸角，這些黏膩使她不快。他們理所當然地觸碰體制教育下定義的「私密部位」，自顧自地將其視為敏感帶。

他們引導（◉'ㄥ'◉）叫床，射在她臉上，就像 A 片那樣。她與男人們看過多種 A 片，並且偷偷地練習與模仿女優的聲音。當她叫出聲來，感覺自己陌生，那種聲音似乎更接近某種動物，而非她自己。

（裡面裡面再裡面的紅色）

（◉'ㅅ'◉）忍耐疼痛等對方衝刺完，提醒自己不要一張死魚臉。與交往五年的男友分手時，（◉'ㅅ'◉）告訴他，多年來，她一直覺得自己像一台洗衣機，男友以為，（◉'ㅅ'◉）是在抱怨家裡的衣服總是她在洗。

功能性地提供不同時長的智慧洗衣，她攪動，她脫水，然後他們掏出來，結束，洗衣機裡頭空曠如野。她是會計，善於精算，她經常在性愛過程中計算時間，使過程不至於無聊。

「那，我們再做一次？」是啊，結束時，他們仍希望自己在她心中，好歹是個雄壯威武的男人。他們也想在成功男性工廠中的輸送帶上，彰顯陽剛氣質，被判斷為「表現好」的優良產品，從此被認可自己是一個值得的男人。

分手不久，（◉'ㅅ'◉）遇見他。

那是一場飢渴地方媽媽們舉辦的同學會，同學們都結婚去了，只剩三兩孤身。她們一行人參加媽媽桑舉辦的酒店體驗，走訪林森北一帶。在第三性公關的店裡，（◉'ㅅ'◉）看見了扮裝成女人的他，唱張國榮在《霸王別姬》裡唱的〈當愛已成往事〉，下檯後則是與其他公關熱舞謝金燕的〈姐姐〉。他捉著她的手跳舞，喊她姐姐。

（◉'ㅅ'◉）喜歡他，也喜歡他是她。變裝的他如同穿上仙度瑞拉的玻璃鞋，搭上馬車，前往自己。「姐姐，看不出來吧，我白天是在賣房子的。」

仙度瑞拉的愛沒有終點，不是射了就結束。「以射

精來當作性愛的終點很可惜唷。」兩人做愛，像是打彈珠檯，每次都會經驗不同路徑，生出新的感受，許多顆彈珠在（◍′ㅅ′◍）身體裡亂竄，通往無人知曉的境地。

她不是一台洗衣機，她是一顆滑溜溜、想去哪就去哪的彈珠。

仙度瑞拉用擦了指甲油的手指，引領她錨定自己的身體，敘述舒服的輪廓。對（◍′ㅅ′◍）來說，仙度瑞拉是像複印紙一樣的人，當兩人輕輕覆蓋彼此，碳粉複寫紙疊合非碳粉複寫紙，她的身體複印她的身體，她的表情凝視她的表情，複寫了彼此存在的痕跡。

仙度瑞拉注目她的裸體時，要她轉身看鏡子，「妳看看妳，妳的身體很美。」然後她看見鏡子裡，仙度瑞拉的假髮搔癢著自己的身體，她像一個溫柔的操偶師，引領著（◍′ㅅ′◍）的雙臂雙足，在鏡中起舞，十二點的鐘聲還沒響，她與她所到之處，讓摩鐵變成城堡裡的舞池，她與她，都是仙度瑞拉。

（◍′ㅅ′◍）想起前任喜歡邊看摩鐵裡的 A 片，邊做她。

她們不看色情片，但做得像一部撩撥的色情電影。Google 搜尋欄裡的「女性向」甚至無法提供兩人索引，那些 A 片想像女人講究羅曼蒂克，緩慢，深情凝視。不過好在，至少製片找了顏值不錯的男優。在與仙度瑞拉的關係裡面，使（◍′ㅅ′◍）感覺到色情的往往不是抽插，

而是他們流淚相擁的片刻、一起泡澡享受親吻的夜晚、像青春期的孩子一樣在街上講悄悄話。

仙度瑞拉用愛撫的方式去觸摸她的疤痕、肥胖紋，（◉'ㅅ'◉）第一次意識到，原來敏感帶會蔓延，隨著皮膚的雞皮疙瘩竄進腦裡。仙度瑞拉有時並不進入，動或靜像是使用了所有琴鍵的譜曲，而非一種在兩個音之間來回的「動作」。在同一張床上，她引領著她的手，使（◉'ㅅ'◉）學會了彈奏自己的指法。

她總是在變裝時跟她做，她說：「我想用我最喜歡的自己的樣子，讓妳進入我。」明明是她進入她，但是（◉'ㅅ'◉）也能感覺她緩緩進入了仙度瑞拉。

對（◉'ㅅ'◉）來說，仙度瑞拉不是男人，不是女人，而是絕無僅有的美麗生物。就像獨角獸只存在於神話。

「妳也變身成神仙教母了。」仙度瑞拉在她耳邊的呼吸好癢好癢。

這是第一次，（◉'ㅅ'◉）想發出聲音，她想告訴別人，她喜歡做愛。她要穿上自己喜歡的高跟鞋、購買能誘惑自己的內衣款式、塗抹濃豔的唇色去做愛。

她通過仙度瑞拉的變裝想像自己的變態，一隻毛毛蟲會變態成蝴蝶，儘管那過程並不美。她會扭開自己的束縛，用猙獰的五官破殼，變裝成自己，穿上一件名為「我」的衣服。她打開腿的時候要用自己喜歡的速度，她扭動的時候要選擇自己舒服的角度，無論有誰會因此認為她是蕩婦。

（◉'ㅅ'◉）脫掉集中型內衣，坦然地直視自己微垂的胸型。在仙度瑞拉沒有規訓的身體裡面，她感覺自

己也被拆除了界線。即便沒有界限的初始是恐慌，她仍誠惶誠恐地踏出探索。

仙度瑞拉問她：「妳想要我怎麼對待妳的身體？妳喜歡我看妳的方式嗎？」（◉'ㅅ'◉）意識到自己從沒問過自己這個問題，那就好像她習於當一個異性戀，從沒想過從什麼時候發現自己是異性戀？她享受這種社會身分的安全、同時被制約在女性、異性戀、順性別的身體裡。

（◉'ㅅ'◉）不禁掛念，那麼，仙度瑞拉活至此刻的一生裡，又承受了什麼呢？白天，他在賣房地產時，掛上的是什麼樣的五官？

（◉'ㅅ'◉）是她變裝以後的女朋友，他還有另一個穿上西裝以後的女朋友。仙度瑞拉以不同面目愛人，流動在美麗而危險的關係裡，（◉'ㅅ'◉）從未看過，他白天的樣子，害怕著自己無法進入到他／她最深的地方。她只想讓她看到自己漂亮的樣子，完妝、穿上舞衣、戴上假髮，至少在（◉'ㅅ'◉）面前，她可以是一個無瑕的人。也因此，她們只能擁有獨角獸一樣，奇珍但稀缺、短暫的時間。

仙度瑞拉離開（◉'ㅅ'◉）的那個早晨，她們好好擁抱了彼此最後一次，就像第一次擁抱那樣。今晚過去，他將穿上新郎制服，成為別人婚姻裡的丈夫、父親。

（◉'ㅅ'◉）將沉積的衣服、床單抓進洗衣機裡，洗衣機呼嚕呼嚕旋轉著的時候，她在房裡，像是彈奏一首全新的樂音，自己與玩具，彈完一場呻吟與共的交響樂。

（裡面裡面再裡面的紅色）

要來我家
看 Netflix 嗎

　　喜歡透過布丁的食用方法去了解一個人。我會謹慎地挖布丁，小心不要挖到最底下的焦糖，最後再一口呼嚕吸進口中，那像是一下子心裡被膨脹的感覺；有人會用吸管吸布丁，每一口都很曖昧，在裡面抽上抽下，有時想只吸雞蛋布丁、有時只想吸焦糖，這樣的人要不是容易厭倦就是有潔癖。至於把布丁攪爛以後再吃的人，我不知道他是什麼意思，也許是想像自己像漢泥拔食用人腦一樣品味布丁。

　　不過，ㄑ‧ㄟ‧ㄣ真的是一個滿煩的人，她無法在外面吃布丁。

　　ㄑ‧ㄟ‧ㄣ吃布丁一定需要一個盤子，有次我去她家看 Netflix（我真的想看的是什麼，你們知道的），她從冰箱裡拿出兩個大號布丁，在廚房裡拿出盤子。嗯……與其說是廚房，不過是十坪套房硬塞一個流理台在靠牆處。ㄑ‧ㄟ‧ㄣ像弦月的手指拿出精巧卻不同的一雙小盤，撕開布丁紙，將布丁倒轉於盤，手指弓起捏捏布丁盒的屁股，布丁先是掙扎一會，一下子咕溜滑出來。

　　ㄑ‧ㄟ‧ㄣ用精巧的湯匙一小口一小口挖著布丁，她

166

的嘴唇小得像三月的野草莓，含著布丁的模樣，讓我的心像布丁彈嫩地晃了一下。而我挖著布丁到最後，底下剩了一堆碎掉的布丁屑，拿起盤子傾斜以倒剩下的布丁，舌頭伸出來，以將布丁舔得一滴不剩。

　　這大概就是我們的差異。

　　她的舌頭、齒間充滿焦糖的甜味。螢幕在播《末代皇帝》中溥儀吸吮奶媽乳頭的一幕。這不重要，我的手已經試圖在探索她所有讓人感到驚喜的地方。她的手指在我的背上彈奏。

　　「妳好特別。」我對每個人都這麼說，當然，每個女孩子都很特別。

　　「為什麼？」

　　「因為妳吃布丁的方式。誰教妳的？」一時想不到更有意義的話。

　　「十歲生日那年，我媽買了布丁，這樣倒過來，」她停止彈奏的手指，「她唱生日快樂歌給我聽，我們一起吃了那塊布丁，那是我們最後一次見面。」

　　我想停止這個對話，以讓我們身體的發音繼續。

　　ㄈ·ㄨㄟㄙ說，瞧不起那樣的女人，「離婚後她不知道換過幾個長期飯票，沒有辦法成為母親的人……只會在要錢的時候打給我。」ㄈ·ㄨㄟㄙ匯錢給她，期待著她再打來的一天。因為疏於聯繫，ㄈ·ㄨㄟㄙ不像多數小孩，能夠背起媽媽的電話號碼，但她倒是把媽媽的銀行帳號背起來了。

　　ㄈ·ㄨㄟㄙ依然用媽媽食用布丁的方法活下去。在意一個人最彆扭的方式，不外乎是把他的習慣變成我的習

慣。

實話真他媽掃興。

我沒把她的扣子再解下去，也沒把她的扣子再扣回來。

我們甚至沒有看完《末代皇帝》。

「今天是我生日。」

比起用布丁食用的方法食用她，我忽然有了想成為她許願的布丁的想法。

這很危險，當你開始想傾聽某個人的願望，那就糟了。

比如溥儀看見牆外，紫禁城以外的地方，已經是民國了。我也想透過ㄌ‧ㄟ‧ㄙ隱約看見牆外是什麼。

哀傷讓ㄌ‧ㄟ‧ㄙ的眼神變得很清白，我們誰也無法做下去。當這個人變真了，就無法對她做假的事。

我用非常難聽的歌聲唱完了生日快樂歌。她沒許願，但她抱我時那種軟綿綿、甜呼呼的空氣就像願望實現了。

更恐怖的是我等待她睡著，像蚊子一樣盯著她純真的睡顏，感到自己侵犯的可恥。幫她蓋好棉被，關上燈，關上門，表演一種鄭重的動作，把小巧的ㄌ‧ㄟ‧ㄙ鎖在清晨光線爬上床角的盒子裡。

許多天以後，我提著一袋布丁，站在距離公寓大概三個路燈的距離，等她下班。我一直仰頭望著頂樓加蓋那間沒有亮燈的房間。其實我來，只是想再跟她一起吃完一塊布丁。

168

ㄈ‧ㄨ‧ㄛ推開公寓紅色鐵門走了出來，她與旁邊的人各提了一包垃圾袋，他們看起來像剛睡起來的樣子。我和ㄈ‧ㄨ‧ㄛ對視，她撇過頭去。我也是。

　　一個禮拜以後，我訊息她，問她是否想吃布丁，我想送過去。

　　我經常提著布丁往ㄈ‧ㄨ‧ㄛ的房間裡去，誰都再沒提起她媽媽的事。這樣更適合我們，做得假，比較真。

　　從此以後，我也無法在外面吃布丁了。

　　但她不是我的母乳，她是我的蝴蝶。

使用者付費

　　星期六的早上，通常，ʗ‧ʌ‧ʔ得去街上繞繞。她不記得每個週五的晚上，喝醉以前把機車停在哪條巷子，附近每一條巷，居酒屋旁邊都是火鍋店，火鍋店對面不是服飾店就是娃娃機。好幾年過去，這些巷子還是大同小異，如同她在體制裡的配置，九點打卡，六點下班，五點五十五分，不是主管遞上一份明早會議的簡報需求，就是窗口提議 Con-call。

　　她並不在乎遺忘，反正不論是哪條，罰單都是會開的。

　　昨天晚上，離開居酒屋時，那個男人傳了 LINE 給她，是什麼不上道的貨色會在星期五的晚上十點傳工作訊息，點進去，那個男人道歉：「不好意思，今天下午都在外面開會，下班打擾，報價單沒問題。」

　　星期五晚上，比ʗ‧ʌ‧ʔ賣命的人多的是。她已經不像二十六歲仍然秉持著一點道德，還能沒出息地幫所有比自己年紀大的男人買咖啡，也沒有當時的天真，能讓過勞的工時消磨。

170

當她已經喝到八分醉，還有人正在回客戶訊息，而他們都是互相給「抱歉、不好意思、麻煩您了」的人，他們彼此哈腰鞠躬，只是為了給雇用自己的人一份體面的數字。

　　ᔑ・ᴗ・ᔑ忽然可以原諒這座城市的所有居酒屋。她厭恨租金殺人的這裡每間限時兩小時的居酒屋。在她的老家，即便是坐到兩點，也沒人會在意。那些用成熟客氣的口吻趕客人的服務生，也不過是拿基本時薪的大學生，他們早早被城市雕成一張刻薄但有禮的五官。

　　就在她被三次提醒「您好我們用餐時間到了麻煩您結帳」後，電話來了。星期五晚上，打來的不是喝醉的前任，就是頻頻抱怨想去死的朋友。

　　不管是哪一種，ᔑ・ᴗ・ᔑ都不想接，誰都是業障，誰不是活不下去。想死的朋友半夜三點打來哭爸睡不著，而當時ᔑ・ᴗ・ᔑ已經連續三天在公司加班到三點。她不曉得什麼才是不幸，還好，有人發明了立普能與BZD。

　　所有人的身體裡面，是一座與資本主義時間同步運作的垃圾廠，必須依靠更多藥丸、藥丸、與藥丸，來回收自己，維繫生命的延續。

　　結帳後想起回訊息，打開報價單的對話框，想當一回人生的前輩、回覆「下班時間不要工作。」不過還是輸入了一個「謝謝」的貓咪貼圖。那個男人回傳了「晚安」的熊大貼圖。

　　這個晚安貼圖讓ᔑ・ᴗ・ᔑ的心像春天融化的奶油。

好久沒有男人跟自己說晚安，她一顆心像鞦韆晃盪，理智抵不過春天，邀請熊大來下間酒吧，那間頂樓，偶爾有人會在那 Weed，氣氛很鬆音樂很塌，至少不會有讓她注意力分散的 Trap，適合第一次見面。熊大也許是和業務交陪習慣，二十分鐘人就到，到場時，熊大發現只有他們，露出了「什麼啊」的神色，ㄑ•ㄨ•ㄑ姨母心一笑，是兵役結束不久的新人，她難得能做個大人，給熊大幾個規矩幾個歪理，職場一下變成她的風雲。當然那言談間，ㄑ•ㄨ•ㄑ像個熟練的成人一樣，手指無心觸碰，腳脖子有意交疊。

　　他們對交際還算識相，明白真話說到哪裡就顯得假。今晚再次聽到「您好我們用餐時間到了麻煩您結帳」的ㄑ•ㄨ•ㄑ闊綽地拿出信用卡，也沒想到自己還揹學貸。她忽然覺得，一心想被遣散卻因薪資太低失業補助怎麼領也只能勉強繳完房租因此決心像條狗一樣做下去的她，在每週結束工作的這一天，之所以獨自喝酒，也只是享受花一筆錢買單的甲方感，享受費用百分之十送水送餐的服務。

　　今晚，她想有人看見她買單，然後就這麼抵銷，遺忘，所有時間給予她的傷害。日子是，為業績單忍耐桌底下客戶們揉捏大腿的雙手，為貸款咬牙撐過一個年終，再等下一個年終。

　　熊大扶著她雖然有些豐腴但還算曲線別緻的腰桿，兩人走出酒吧門口時，ㄑ•ㄨ•ㄑ做好了接吻的準備，也期待展開順理成章的夜晚。

　　成年人下班喝點酒，發生一點理所當然的失誤，明

知是歧途，ㄑ‧ㄨㄟ?仍想犯險。犯下人際關係的錯誤，讓她擁有在社會生活的安全感，城市裡一部部不知是偶像劇還是八點檔的故事，大家都是差不多的混蛋。

關係裡如何存在真正的 AA，這些人際匯兌，誰是甲是乙，ㄑ‧ㄨㄟ?經常迷惑。

醉意很深，抬頭看熊大，她並不打算珍惜眼前這個人，她想浪費某人的青春，像自己被糟蹋過的一樣。

他笑得好陽光健康，像一則代言廣告。唯獨他齒裡黏著一片香菜。ㄑ‧ㄨㄟ?不想出戲，想鼻子一悶吻下去，不料一個閃神間，她卻不自覺說出了「晚安」，往前一步，伸手招計程車。

「對了，等妳比較方便的時候……」

ㄑ‧ㄨㄟ?離去的腳步停留下來。

「妳再回傳合約給我哦！」

星期六早上，ㄑ‧ㄨㄟ?去街上繞繞，得先弄飽肚子，昨晚吐到胃酸，她像每個週六一樣後悔混酒喝。

她喜歡這附近一間老式早餐店，招牌掉漆，椅墊破洞，漏出了黃色髒髒的海綿，桌上偶有蒼蠅。送來餐點的阿姨有時拇指摁進鐵板麵的湯汁裡。這間早餐店醜得讓人足夠安心，醜得使人願意展現真實。ㄑ‧ㄨㄟ?穿一條大棉褲、一件褪色的高中班服，經期來前的兩顆痘痘以奮鬥的姿態黏在鼻翼，她看起來像是一個放棄治療的人。「黑胡椒鐵板麵加蛋加辣，小熱狗不切加番茄醬，大冰奶去冰？」早餐店阿姨背誦餐點的能力應該被允許獲得超級記憶王比賽資格。

早餐店裡的食客多維持一樣的動作，吃早餐，將手機立在漢堡籃，看手機裡的影片。這個年頭，已經沒有人是真正一個人吃著飯的。

ㄑ•ㄗ•ㄗ看中國脫口秀節目，她在那裡能練成一口鋒利的牙，讓矮小的自己多一種高度、視野、武器。中國兩億多一線工人、從農村進北京吸霧霾的生活都長在娛樂選秀節目裡選手的嘴上，自娛的時代，瘋狂的時代。「我太難了」、「人間不值得」，學習這些「爆款流行詞」增加溝通的幽默感，好像，再輕浮一點，生存也就不那麼嚴肅。

店裡客滿，一個男人坐進她的對桌。ㄑ•ㄗ•ㄗ餘光間閃爍，頭越低，越確認，是熊大。

熊大點了鍋燒麵、豬肉漢堡加大冰奶，用漢堡籃抵著手機，直播室裡年輕的女生一邊化妝一邊分享自己最近的低潮，適時地表現笨拙，熊大好像還斗內不少，「哥哥最好了」的撒嬌聲讓整個早餐桌更加黏膩。

他用昨天ㄑ•ㄗ•ㄗ買單而省下的錢給別的女人買單。

熊大認不出她，素顏堪稱二十一世紀最偉大的易容術。ㄑ•ㄗ•ㄗ連吃都不想吃完，她翻找零錢，熊大卻遞出衛生紙，以手示意嘴角，ㄑ•ㄗ•ㄗ用衛生紙擦拭，並露齒燦笑。猜忌著對方是否認出自己，又馬上想起了分寸，ㄑ•ㄗ•ㄗ徐步離去，又拔腿就跑。

她離開早餐店，想趕緊找到停機車的巷子，卻怎麼也找不到，ㄑ•ㄗ•ㄗ在這個她重複找了十年機車停車處的城市中迷了路。

ㄑ•ㄗ•ㄗ的舌頭清理一圈牙齒。明顯沾黏了黑胡椒，

那沾黏黑胡椒的不快，就像不乾不淨的人際關係一樣。

　　有時她也清楚，百分之十的服務費並不貴，對於提升自尊而付費來說。人們重建自己身為使用者、付費者、甲方，一個有聲音的人。人偶爾不想要 AA 制，是想說服自己還出得了手，還能被看得起。

　　在終於找到的機車面前，喘呼呼地停下來，ㄑㆍㄡ？無法辨別：到底是不愛香菜，還是對天真感到不忍。

（裡面裡面再裡面的紅色）

蒐集癖

　　那時，小孩界裡流行著一種多功能鉛筆盒，可以彈出削鉛筆機，拉出橡皮擦盒，盒上還能打彈珠，裡面有三個分層，可以按照自己的心意收納筆管。（•ˆ⊙ˆ•）渴望擁有這樣的鉛筆盒。（•ˆ⊙ˆ•）的鉛筆盒是哥哥傳承下來的鐵製鉛筆盒，印有落漆的鹹蛋超人，超人的臉被蠟筆改造過，看不出來是麵包超人還是鹹蛋超人。鉛筆盒裡有兩支天使牌鉛筆，一把可割可量的鐵尺，一支水性紅筆，一枚切成一半的橡皮擦。

　　（•ˆ⊙ˆ•）時常帶著簡陋的鉛筆盒到師長辦公室，敲敲敲，老師，我來改作業了。

　　這是她上學時，最深刻的時光。當時的每道陽光，都像美工刀一樣刻在她的肌膚上。因為功課好的緣故，（•ˆ⊙ˆ•）身兼國文小老師與自然小老師，國文老師每堂課都會出隨堂測驗考，午休時間，老師要女孩到老師辦公室。老師會犒賞女孩文具，她收穫 Pentel 自動鉛筆、Pentel 側壓式鉛筆，也蒐集了各種品牌的搖搖筆。（•ˆ⊙ˆ•）著迷於老師只獨待她一人，老師說，噓，不能說喔，那讓她感覺到被寵愛。

176

她甚至得到過自動橡皮擦筆管、三菱雙頭螢光筆整組。不過這些筆，經常被哥哥拿走，當他們吵架時，父母會擺出不耐煩的臉色，（•̈⊙•̈）感到自己的煩惱卑微，只好把心愛的讓給哥哥。

　　母親會領著女孩去十元商店，以一支十元的亮亮原子筆，彌補高級自動鉛筆被奪走的匱乏。但是（•̈⊙•̈）一點也不喜歡花枝招展的廉價原子筆。學校有規定，小學生不需要紅色、黑色、藍色以外的筆跡。她已經曉得真正昂貴的人只會使用低調好看的筆，為了收攏自己的自卑，她將這些過於華麗的筆藏進書桌的抽屜裡。

　　午休時，經過一間間教室，同學們整齊趴睡著，風紀股長在台上記下睜開眼睛的號碼。三年八班的十二號已經被抓到張開眼睛五次，記成了一個正字。（•̈⊙•̈）竊笑著，看到十二號瞇眼偷看她。她是這個午休唯一可以正大光明睜眼的孩子，這樣的勝利感，使藍色制服裙襬跟隨邪惡的笑意飛揚起來。

　　藍色制服裙的口袋鼓鼓的，裡面有：一支筆芯寄放在長方形筆管的換芯彩虹筆、一支三菱零點三八紅筆、百樂紅筆零點五與零點三各一支、一支子彈般的積木彩虹筆。（•̈⊙•̈）帶著這些紅筆去批改作業，她喜歡每抽換一張測驗卷，就換一支筆。

　　（•̈⊙•̈）最喜歡打上一百分的分數，她像練習自己簽名似的，在家反覆練習打一百分，她以流暢的筆跡將 1 與 0 與 0 順暢連在一起，非常滑順、沒有生疏的痕跡，就像是個大人。只是，很少同學會拿到一百分。老師說，

她是他一百分的孩子。

（•̣◉•̣）桌上擺滿了口袋裡的紅筆，乖巧排排站，等待女孩遴選。待批改完，坐在旁邊的老師會起身去拿辦公室的餅乾，給女孩當零嘴。老師一起身，艷夏的陽光透進來，批改作業的時間，女孩好像一株沒有受到光照的植物，因為老師的身軀龐大，完完整整擋住了她的視線，她像被圈養在城堡裡的公主，經年累月在陰翳處行動。（•̣◉•̣）太小，即便踮腳仰頭，都看不到老師身軀以外的辦公室。

老師會溫柔地幫（•̣◉•̣）調整名牌。上個學期，老師發現了她的名牌是假的。每個學期開始，小學生的名牌會受到嚴格檢驗，升上一個年級，名牌也要換成新的階級。但家裡人無暇管事，一個自己簽聯絡簿的小孩，何須他人照料名牌。（•̣◉•̣）自己拿去店舖詢問，縫一個新名牌要十元，雙車線的要二十元，那她夏天的三件制服兩件運動服就是五十元至一百元不等，加上冬天的分量更吃不消，何況一個小學生需要更換六次名牌。盤算過後，（•̣◉•̣）自顧貼上雙面膠，把自己裝得跟真的一樣。她知道老師很貼心，忍耐了自己的取巧，在檢查時讓她通過。總是在午休時替（•̣◉•̣）黏上新的雙面膠，再按壓上她扁平的制服、瘦小的身體。老師管理（•̣◉•̣）的服裝儀容，（•̣◉•̣）管理同學們的分數。

暗影從遠遠的地方過來了，她再度與光隔離。老師又把手伸向更暗的地方，妳的扣子沒有扣好喔，老師說。一邊拆開扣子，再扣上扣子。老師短刺的毛與粗粗的手掌紋，烙印成女孩身體的印子，每當回家洗澡褪下衣服，

她感覺皮膚每處熱熱的，發紅著。似乎還塌陷在那個時間遲疑、空氣沉悶的午休裡，老師說，他在幫她訂正。她明白自己是充滿錯誤的孩子。

這個午休，（•̈⊙•̈）得到了一支新的紅筆，那是學校老師才有在用的紅筆，樣子非常精緻，沉甸甸好有重量，她愉悅地拿在手上，準備回家嘗試用這支筆為自己打上一百分。

走在回教室的路上。三年八班十二號那個小毛頭一下課就衝出後門，堵住女孩的路。女孩斜眼看了他，十二號遞出了一個刺繡上女孩編號的名牌。名牌背後的雙面膠都被撕乾淨了，他撿到了她的名牌，並知道她是假的，又清理殘膠，使名牌跟新的沒什麼兩樣。

她接下名牌後轉身要走，十二號結巴地說，等，等，等一下。十二號從口袋裡，拿出了一支筆，一支混色香水筆，上面有馬卡龍式的粉嫩紫、晨曦黃、湖水綠、嬰兒藍，寫出來，就是變幻莫測的顏色。（•̈⊙•̈）取走了筆，家裡角落又要多一支無所事事，張揚著漂亮的筆。男孩肩頭與領子都是汗水，他晾在原地，但汗水的氣味跟著筆尾隨在她身後，又被童年的風吹得消聲匿跡。

（•̈⊙•̈）心裡起了大霧，在夏天裡冒出潮溼的冷汗。兩手心緊緊按壓著裙子兩側褲袋，把名牌揉皺後摳進掌心。害怕以致不敢回頭。校園裡又多了一個人知道她的祕密。

（裡面裡面再裡面的紅色）

薪水小偷

（•ㅠ•）喜歡偷，咖啡店的甜點匙，辦公室裡的迴紋針，她偷過便利商店的巧克力。第一次行竊的時候，（•ㅠ•）還是一個小女孩。

他們全家人剛剛搬來這個社區，社區的鄰居們對他們還抱持敵意，（•ㅠ•）去雜貨店提醬油，她踮起腳看著有槍枝造型的巧克力豆，（•ㅠ•）很想要那個，但因為（•ㅠ•）沒有零用錢，踮起腳跟，讓自己盡可能靠近櫃上的巧克力，她試著伸手觸及，那時雜貨店的老闆娘睥睨斜著眼對她說：「沒有買就不要碰。」

（•ㅠ•）在那句話裡感覺到自己的矮小，一下子明白了「規則」。她六歲，還沒上小學。

童年有許多為買一盒彩色筆也要思量、父母躲避債款搬家的記憶，因此（•ㅠ•）在成長中並無留下朋友，身為一個成長在千禧年間的小孩，其他同學的父母多半是在經濟起飛時期扎根成中產階級，許多小孩對貧窮無知，而（•ㅠ•）卻比同齡人獲得許多技藝：擺攤時躲警察、如何在大人間逢迎處事、在下雨天行走一雙破洞的鞋。窮讓人成為生活智慧王，用熱融膠補鞋底破洞；

也讓人懷有小惡，不足缺色的粉臘筆盒，可以拿跟同學借了不還的那支來填滿。

（ •ʊ• ）第一個偷竊的，是文具店裡的橡皮擦。當年 Pentel 飛龍牌橡皮擦在電視上大力廣告，學生們都使用那一枚十元的橡皮擦。（ •ʊ• ）的橡皮擦是水果圖樣，媽媽在十元商店買的，一袋十元，裡面有十幾個散發著化學劑味道的橡皮擦。

在擦作業簿時，（ •ʊ• ）好幾次因為這個橡皮擦材質難用而磨破了紙，老師指責她，並且說：「為什麼不用好一點的橡皮擦呢？」這位老師和班上的同學一起排擠班上一個不洗澡的男同學，與其說是排擠，更接近「漠視」，當所有同學用立可白在他的桌上寫下髒話時，老師撇開他的頭，假裝這教室裡並無角落，轉身在黑板上寫字以進行教育。

那時她八歲，已經曉得「命運」的意思，是神選擇的是他而非你。

（ •ʊ• ）在與他當同學的時間，曾跟他說過一次話，那天，（ •ʊ• ）沒有帶粉蠟筆，坐在他後面的（ •ʊ• ）問：「你有多的粉臘筆可以借我嗎？」

美術課上課時，老師要沒有帶粉臘筆的同學起立，他起立了。被老師懲罰。他把他唯一擁有的粉蠟筆給（ •ʊ• ）。整節美術課，他不斷轉過身來跟（ •ʊ• ）共用一盒粉蠟筆。（ •ʊ• ）能看到他的小拇指上拓印著一塊，像是粉蠟筆畫壞畫醜的胎記。

每逢賀卡比賽，媽媽會帶（ •ʊ• ）去文具店買紙做卡片，媽媽喜歡（ •ʊ• ）做卡片得獎，但每次限制，

都是五十元的材料費。這次教師節卡片，（•ㅍ•）也大概構思好了卡片樣式，她和媽媽一起到文具店，就在媽媽向老奶奶結帳時，（•ㅍ•）左顧右盼是否有人在注意她，假裝東摸西摸地，揀選文具，她把橡皮擦攥在手心，一下摸摸頭，一下拉拉衣角，手插了口袋，橡皮擦就進去了。

（•ㅍ•）擁有了第一個「名牌橡皮擦」，她得逞得很容易，也得逞得更狠心，之後，（•ㅍ•）還偷過幾支筆。她對這種偷懷抱著補償心理，生存負欠於她的，在「偷」裡索討回來。

這個世界上永遠有吃不飽的小孩，就像不斷蓋起的大廈與核電廠那麼多。（•ㅍ•）終於也成為了在套裝裡的那種女人。

坐在咖啡店裡等待客戶，將完成一筆上司已經敲好的大案子，（•ㅍ•）只要好好簽完名字，好好按捺客戶。她將甜點湯匙玩轉在手指間，等待甲方前來。

她跟所有人一樣成為薪水小偷，恰到好處地工作，恰如其分地偷懶，安分地成為一個平庸的上班族，與眾人一起喝珍奶叫團購，隨歲月增加的不只是年假還有體重。她在跑業務的模樣，跟當年那個雜貨店老闆一模一樣，她一下子看穿對方穿的名牌是真是假，沒有要買就不要碰，她已經曉得如何對殘酷擺出殘酷的嘴臉。

包包裡手機震動，她伸手去撈，大包包總是塞著路邊發送的衛生紙與百貨公司的美妝試用包，她已經習慣隨手拿，可是，她也拿那些沒人要的傳單，看被漠視的

182

臉孔。摸到兩、三支筆。仍然偷公司的筆,這樣不痛不癢的東西,彷彿如此,活著的窩囊就會更少一些。手機還沒撈到,甲方赴約,抬起頭,看見了那個人,再看見了小拇指上的胎記。

（ • ϖ • ）將湯匙放在桌面上,一下子記起來了,當年所有同學都在漠視那個孩子,她也是所有人中的其一。她並不比那些因為富足而不貪心的臉、看著傳單目空一切的臉還要好看。

他已經不認識她,只有她一直記得,那年她沒有歸還的粉臘筆。

現在已經超過下班時間,沒有盡頭也沒有加班費的勞動持續。白晝比夜晚更難與自己素然相對,光天化日是可怕的,黃昏像狗一樣追來。

（裡面裡面再裡面的紅色）

五坪大
的情人

　　從一間頂樓加蓋的小套房搬到另一間頂樓加蓋的小套房，我發現了另外一個人的毛髮。

　　看房時，室內方正格局與大面積的對外窗吸引著我，在這區域要找到超過兩公尺的大面窗戶並不容易，為了豢養從上個住處帶來的黃金葛掛盆，房間需要風與陽光，否則，它又將淪落死不了活不成的下場。

　　每天下班，我都掛在租屋網上，不只是最近，早在離開母親的房子以後就養成這種習慣，滑過一間間我住不起的房間，按下愛心收藏，想像有一天我能住在有獨立衛浴的房間，心滿意足地睡著。

　　這間房子，也是在許多愛心中的萬中選一，符合我的預算、又能放下雙人床、有窗戶的房間。就算需要搭公車坐兩站才能抵達捷運站，我也很甘願多走這趟路，這裡鄰近植物園，走路回家時會經過大片綠蔭。鬧區邊陲少了車聲與人潮來往，更多學生下課騎著 YouBike 經過的嬉鬧聲，鄰居大多是退休的爺爺奶奶，早晨的公園裡有五、六個打太極，三、四個下象棋，使我想起家鄉的黃昏，在遠處靜靜地落。倒垃圾的時間，能聞到鄰屋

© 不道德索引

飄散出炸白帶魚的香氣。經過了不同時段的多次場勘，我決定住在這裡。

住在頂樓加蓋的房間，以較高的視野環繞近鄰，那似乎可以緩解我居住此城、自覺矮小的不適。

一個人搬家幾次，就能練就迅速打包行李的技能，去家樂福可以拿到很多免費的紙箱，比價各搬家公司後選擇「一起搬運物品」的方案更划算，用壓縮袋將三七二十一全都收攏一塊。小時候母親經常在半夜帶著我奔往旅館，她教我如何把小被被與制服捲得小小的，讓行李箱可以塞進更多東西。

大一開學前，母親與我搭火車北上，夜間搖搖晃晃的列車行駛的風景從沉睡的田野到路燈如繁星的街道，母親打著盹，鼾聲跟隨鐵軌起伏搖晃，我將她的頭安放於我的頸間。母親穿著她每次參加喜宴時的那一雙矮跟鞋，腳尖與腳跟已磨損掉漆，她用這雙三十幾年的老鞋走過校園的紅磚路，我腳上則踩著母親去阿瘦皮鞋買給我的淑女鞋，這麼女孩子氣的款式根本不適合我，但我還是勉為其難地穿上了。

她陪我把行李放到宿舍以後，拍拍了床墊，又拍拍我的肩膀，像是說：自此妳就是一個人起居了，好好生活。從此，整個房間裡最值錢的，總是母親寄來的當季水果、冷凍滷肉。母親留下我自己面對空空的宿舍，我脫下了淑女鞋，整趟路程下來，因腳板過寬生出了水泡。

此後的搬家，我一人拆卸椅子的膠膜、拼裝三層式

收納櫃，一人盥洗、睡眠、行走，經歷所有全新的移動。第一次從宿舍搬到與同學合租的層樓，以為幾個女生住在一起就像漫畫裡的夢幻女子宿舍，不料從公共區域的垃圾到一根貓毛，都能讓人與人心生嫌隙。心急下隨便找了一間便宜的頂樓加蓋獨居，大賣場購買一張「冬夏兩用，親膚排汗」的雙人竹蓆床墊，當時，我所擁有的財產只有一個廉價的拼裝書櫃與折疊椅，我放棄那些「北歐風格」但汰換率極高的傢俱，一只行李箱入住。

從那時候，我就喜歡頂樓加蓋了，站在陽台時，可以看到對面晾的衣服、打著赤膊抽菸的中年男子、剛洗好頭包著頭巾出來餵貓的女子。第二間房間近山潮溼，每逢梅雨季，常為了避雨三日不出門，窩在家中仰賴一箱泡麵、看租三送一的電影 DVD。一個人的電影院從失眠開始，黑壓壓的房間裡，阿莫多瓦與荷索的片子從電腦屏幕中映照出藍而深沉的光，我也像適應黑暗與寒冷的深海魚。

颱風天時，這間違建的房間總是發出哐啷哐啷的浪板碰撞聲，那像一間房的臟器與骨架正在崩解。我十分喜歡這裡，但很快地，違建緣故，住戶們都被提早解約。這個城市裡的相聚與離散一樣容易。

似乎所有人都是這樣湊合著過日子的。打工的同事、路上的上班族，大家都在「租屋超級大平台」裡尋找室友、一言不合後退租、再繼續尋找，或者因為房東的女兒要回來住而再次找房，即便因為各種不確定的因素，像是永遠無法安定下來，他們依然面無表情地搭著通勤公車、轉乘捷運。

© 不道德索引

第三間房子是在租屋網站上顯示「女性套房／可寵／捷運站五分鐘」的資訊，原為兩戶層樓，打通後以木板隔間，入住時小且空蕩，比起房間更像倉庫。房間的衛浴設置於木隔板房間的走廊盡頭，將空間方方面面地吃乾抹盡。每次零妝容無內衣、一身鬆垮地走去外面，遇到其他不曾打招呼的室友仍然難為情。我曾在那間衛浴發現男人的毛髮，短而挺拔，那根毛髮窺伺著我長而虛弱的自然捲，一起淪落到下水道，陌生的頭髮與我的頭髮糾纏不清。當時洗澡的許多瞬間，我都覺得這間房間很像我的所有前任，我早就厭倦他了，卻因為無能為力，只能繼續喜歡下去。

　　房東是退休的社會老師，白板筆在她臉上刻下刻薄的五官，但是只要簽兩年約就能降價五百元的房租，對當時的我來說十分誘人。入住後，房東常在我不在時自己轉動鑰匙、開門進去，說是要維修冷氣機、看一下管線之類的，幾次她挑剔我一個女孩子打理得不夠乾淨。每次回家，我會盯著地板查看是否有陌生人的腳印，跪在地上，用摁住蟑螂的力道、擦拭黏在地板上的腳印。一次當時的戀愛對象來到租屋處，房東說：「公共空間的電費是平均支付，請不要帶別人回家。」

　　那時，我在小火鍋店上班，常跟小火鍋店認識的男孩子一起在房間裡看電影，那些人跟我一樣都只是在這裡打工，寄生於城市，很快就會相忘江湖，我們在電影裡羨慕別人的人生，電影還沒放完，但我們的床事早已結束。

　　小火鍋店的油煙氣味，死死地卡進髮絲與肌膚裡，

有時洗過兩次澡，仍覺得自己身上充滿大腸臭臭鍋的味道。那間店就在學校附近的市街上，來往的多是學生族群，我用便利商店買的公版履歷填下自己的姓名，頓時有了一種成為大人的感覺。偶爾有人共鍋，老闆向我使臉色，我走過去以尷尬不失禮貌的微笑道出「共鍋要加二十塊唷」。我常上五點的晚班，通常一抵達後會先去刷一次馬桶，再來是備料、洗菜、補醬料，晚餐時間到了便開始點餐、送餐，排到內場班時清洗鍋子的速度要很快，那個男孩子看到我搬不動進貨的物料時，會主動過來幫忙，他白天在加油站上班，晚上則在這裡賺點補貼，除了這個，我對他一無所知。

　　每天晚上十點，我從小火鍋店打卡下班，匆忙地快步步行回家，要是晚了，公用浴室就會被衛生習慣最糟糕的房客用走，我不想處理散布別人頭髮的磁磚地板、沾滿經血的衛生紙溢出垃圾桶的浴室。掛衣服的陽台滿是菸蒂、洗衣機裡也時常有遺漏的襪子，我摀住鼻子，將那只別人的襪子沿著邊邊捏出來。然後再將自己的衣物放下，感覺自己的衣服，在洗衣機裡打轉著別人的體味與體毛，氣味隨衣物侵犯進身體裡。

　　我與其他三間木板隔間房的室友共同居住在一層樓兩年，保持裝作不認識的五官，漠然使我們安心，使我們能沒有罣礙地穿著四角褲去晾衣服、沒有心眼地享受公共空間的資源。五六坪各據一席之地，沒有關心與問候，冷眼旁觀地在這裡生活，才能相安無事地活下去。即便，所有住過木板隔間的年輕人，都聽過隔著一塊木板傳來的親熱聲，忍耐的呻吟與床腳無力的嘎裂，像是

188

被整個城市掐住脖子後，勉強做完一場無力的愛。

由於我下了課就去打工，系上認識的人沒幾個，有堂通識課，前方的同學無心詢問「妳有聞到三媽臭臭鍋的味道嗎」。下課後，我刷洗黏鍋的便宜不鏽鋼鍋，心裡想著那一個能夠安身立命的房間，即使那只是一層樓隔成八個隔間中的，其中一個房間。

住在五坪大的房間裡，門打開就會撞到衣櫃，小冰箱緊緊倚著床鋪，單人床底下塞滿了雜物與書籍，書桌底下伸腳的地方放了垃圾桶。這個房間小的容納不下其他欲望，居住的地方只有五坪，能夠擁有的也無法太多，我在這期間丟掉的也越多，丟掉無關生存的蠟燭、擺設、盆栽、文學書，斷捨離節目教導如何打造怦然寢室成為顯學，直到我再也沒什麼好丟棄。

我以火鍋店時薪一百二十元的薪資，勉強支付了兩年房租，我的夢想不是畢業後光榮返鄉、出國念研究所，這種不切實際的東西，而是真正享有自己的廁所，擁有一個可以從衣櫃開始脫衣服，一路裸體至廁所打開蓮蓬頭的房間。於是，在為自己談到一份正職薪水後決定搬家，我迅速地打包兩年來的生活，期待抵達有室內衛浴的房間。

母親在我搬家那一天，用 LINE 傳訊說「記得收包裹」。我正在與搬家師傅一起打包物品下樓，搬家車一趟一千五百塊，頂加再加一千，兩位搬家師傅一邊抱怨著頂加的天花板高度，因為便宜，我可以忍受更多無禮。在隔間與隔間之間，他們得委身通過黑髮夾就能撬開的

大門。我收拾著地面剩下的灰塵與垃圾，由於掃具已經上車，只能用手將這些零碎的垃圾集中——7-11 集點貼紙、衣架弧形掛鉤軟膠頭、我或不知名者的頭髮、傢俱抖落的塵埃。就在這時，印有「香甜可口／粒粒精選」字樣的包裹到來了，不恰當的時機送來的禮物，以透明膠帶黏在紙箱上的日曆紙、母親以潦草的字跡寫著，「裡面有豬肉，快拆開來冰。」

　　大熱天下，一手拿著母親的嫁妝檯燈、手臂穿過打包好的垃圾，一株黃金葛掛在垃圾旁，「香甜可口」的紙箱則只能在我將所有物品放上計程車後，才能上車。母親嫁妝的燈罩上曾貼著「囍」字，被我撕掉後剩下的殘膠，讓我想起她的臉孔。燈罩是布織的玫瑰花紋，在那個房間裡，每當開燈時，就像來到《花樣年華》蘇麗珍的房間，昏黃的房間裡，燈光透露出哀傷的表情。蘇麗珍即使是下樓買一碗麵，也會講究地正裝打扮，她的旗袍透露出謹慎，使得觀看的人們不得不拘謹看待。這個檯燈是唯一原屬於家裡、也看來講究的東西，我後來將它帶上來，每次旋開檯燈的開關，感到安心。其他房間裡的東西，全部都是後來購買的。

　　搬進第四間房間時，我審慎地考量附近的生活機能，至少要有一間能蓬頭垢面來往也不感羞恥的麵店。巷弄裡的麵店是極好的、獨自用餐的空間。
　　我比他人更早意識到所謂大學生活也不過是，日子圍繞夜唱夜衝夜店而運轉，同學間感情生疏，沒有喝酒的話，根本沒什麼話聊，盡說些不重要的事。如果有點

時間與閒錢，可以參與社團，但那些看起來和樂而空泛的系上社團打卡活動，背後只是由等待著戀愛、渴望被關注的人際關係所構成。

考上這所大學時，村長在我們家的三合院前主持了一場送行餐會，幹事與鄰居們與我一同坐在紅布條底下拍照，那張照片裡的我因豔陽過盛睜不開眼睛。他們可能沒有想到，光宗耀祖的孩子們來到這裡——多半經常翹課、無所事事就一起去北美館看展覽、在溫州街喝咖啡邊抽菸邊做報告。

我念的是農業經濟學系，是整個學校裡門檻最低的科系，拚了命離開以老人尿液做堆肥的家鄉，我在溫室裡學習辨別不同土質、培育出新品種的白菜。

每年冬天，母親都會料理白菜滷，幾餐以後再也沒人想吃餐餐上桌的白菜滷，她會同冰箱裡的剩菜一起放進大鍋麵裡。母親非常喜歡吃麵，小時與母親去早市，母親偶爾會花六十元買兩碗意麵，那是童年唯一會在外頭與母親用餐的經驗，她將辣椒盛裝在白色塑膠湯匙上，筷子拉起麵條、浸潤於辣椒醬內。這是她少數能專心吃飯的時刻。母親為早逝父親留下的公婆打理三餐、排泄、盥洗，剩下的時間，則是守著一小片菜園，夏天就種地瓜葉，入冬則換芥蘭，她的時間被歲時切割成極簡。

比起去咖啡店，牆上有壁癌的麵店更讓我安心，我在那裡邊看劇邊用餐，打開蒼蠅停頓的辣椒醬蓋子，將辣椒盛裝在白色塑膠湯匙上，筷子拉起麵條、浸潤於辣椒醬內，爽快地呼嚕吸進嘴裡。我和麵店的老闆娘很熟，

（裡面裡面再裡面的紅色）

偶爾我會帶員工餐過去給她，老闆娘假裝嫌棄，但每次都多切一盤滷味給我。

　　那年冬天，寒流來得特別早，恆常客滿、氤氳瀰漫的火鍋店裡，我認不清每個人的臉孔，又覺得那些低頭拚命扒飯的人，每一個都很像我。三年來都是這樣彎著腰給客人點酒精爐、上雞蛋，我常常彎著腰，感覺駝背也更屬害了，駝背提醒我和氣：請謝謝對不起。維持平日的動作，幫客人送雞蛋上桌，飯桌上的人抬頭對我說：「欸，嗨。」

　　我思索一下眼前這個戴眼鏡的男子，我是有那麼一點印象。男子看我沒有太多反應：「我是你們助教啦。」

　　他的五官就像每一個在研究所遲遲無法畢業的研究生，頭髮長長的，因為無心戀愛索性不打理自己。眼鏡鏡片的霧氣飄散的時候，我覺得他傻愣得有點可愛。助教是少數能在這間火鍋店辨識出我的人，即便是修同個學分的人來用餐，也不曾跟我打過招呼，我不確定他們是怕我難為情而出於禮貌地別過頭，還是根本不知道我是誰。因為我不參與任何班上的聚會，沒有分組時可以馬上相互報隊的朋友，總是坐在最後一排，拍照時站在高的人後面，我本來不是孤癖的孩子，只是感覺，這裡並沒有適合我進入的場合、能搭上的話題。

　　「給妳吃。」助教結帳時，把一顆薄荷糖放在我的手心。

　　「這明明就是這邊的。」我指著櫃檯桌上的糖果盤。

　　雖然說不上話，但一顆薄荷糖，對我來說已經足夠

　　　　　© 不道德索引

充分了。

　　可能，這頓火鍋還算溫暖，助教再來了三次火鍋店。可能，因為助教是不會對勞動與貧窮別過頭的人，我感到我們可能來自類似地方的安心——一次在火鍋店結帳時，我用薄荷糖當作歐趴糖送給他。第一次約會，約在聖誕節，說好一起到城市最高的地標慶祝，讓我有一種終於融入這個地方的安全感。聖誕樹們不倫不類地模仿歐洲的表情，氣溫十八度，還沒冷到需要靠近，人們卻樂於挽手親嘴、耳鬢廝磨。穿著紅色、綠色、白色的毛衣，站在台灣最高的建築物之下，街道上滿是閃爍的 LED 燈。我們合情合理地走在一邊掛著燈條一邊修路的街道上，在適切的時候模仿他人牽手與擁抱，適時地繞過發廣告傳單的人，沒有意外地一起走回我的住所。起初，我也不希望助教看見我睡覺的地方，但助教說他跟室友同住，並不方便。我們詢問了兩間學校附近的廉價旅館，像是兩個急切於做愛的人，但都只剩下單人房。

　　助教在我的房裡脫下外套，卻不知道將外套擺在哪裡。五坪大的房間可以容納這樣的關係嗎，我將助教的外套掛進我的衣櫃裡。助教爬上了我的床、位居俯瞰位置時，我十分害怕自己的髮絲裡還堆積著小火鍋的味道。因為緊張，我出戲地感覺到助教的腳不斷抵到床尾的書櫃，脆弱的床板同時嘎嘎作響。隔音很差，每當走廊經過住戶時，助教都會忐忑地放慢與放輕動作。我們在五坪大的房間裡，勉強做完一場愛。

　　助教離去時，他的頭髮乖巧地躺在我的枕頭上，小

小的房間安靜著，窗戶外有救護車經過的聲音，我忽然感覺到，生命中很重很重的，沉默的瞬間。

曾在一部紀錄片看過，二十年間，地球上的冰山消逝了七十五萬噸，七十五萬噸冰山的坍塌，海平面上升，十萬海象擠在一片沙灘，失去了海冰的牠們，像坨肉醬擠在一塊，你是我，我是你。海象為了呼吸，拖曳一噸重的身體攀爬至岩石高處，柔軟的身體碰撞鋒利的岩石仍奮力向上。每當爬上高峰，這些海象為覓食，只能刻意從傾斜七十度的的岩頂滑落，身體在重力拉拔下發出巨擊聲，往下墜落，有些海象死了，有些還能拖著流血的身軀，飽餐最後一頓。

為了呼吸，牠們爬上頂樓，為了吃，牠們墜樓。十萬海象自殺式的行為實為求生，牠們也住在違建裡。

我住進了下一間違建。新家的房東說，前一任住戶在這裡住了五年，屋況保持良好，是一個愛惜屋子的女孩，因為未來的先生要到竹科工作，決定一起搬家，步入下段里程的安居。「房租可以談，我想找人好好幫我照顧房子。」這是只屬於有錢人能說的話。

我將檯燈、黃金葛、舊家的垃圾、包裹都搬上三樓，鑰匙轉動喇叭鎖，打開新的生活。租客光是轉動門鎖，就能判別開鎖的費用，特別是沒有備份鑰匙交付對象的人。手機裡存有「大安區開鎖」、「文山區開鎖」的電話號碼，開機車車廂三百，喇叭鎖六百，四段鎖七百，每加開一段再加收三百元。記住數字，才能不被當肥羊痛宰。

寬敞的視線迎來拼裝上去的木質地板，一個真正可

以稱為書櫃的六格收納櫃，擁有六分板床底的雙人床。即便國文課教授我九年一貫的儒道思想，物質能夠提供自我價值成為飆股的錯覺，用錢買到的快樂即時地令人無法抗拒。放下行李，戴起防水橡膠手套，先讓風扇轉動，漂白水稀釋液的氣味參雜著原租客的氣味，像是牛奶與木柴同時燒滾的味道。

　　洗刷浴室時，我想著這位有牛奶氣味的女生，她的毛髮像乳貓的細毛，蜷縮成球，一名生理女性一天至少要掉落六十至八十根頭髮，每一天，女子都比昨天的自己更輕薄一些。淋浴盥洗，潔白磁磚的地板攀附一根根毛髮，跟隨水流漩渦而轉、堵塞於排水孔。我的毛髮曾死死卡在上間租屋處的洗手台，水患漫延，情急下打給母親，夏日正午大汗淋漓地將食醋與小蘇打粉灌入水槽，再將衣架凹折成枝，勾起一球球參雜黑垢的毛髮，就怕毀壞落人口舌。離開那裡時，社會老師說，洗手台出現不明裂痕，從我的押金裡扣除了五千元。大約是我在火鍋店打工半個多月的薪水，可以換算為刷洗幾個燒焦的鐵鍋呢？

　　我在房裡每天撿拾頭髮，算計不潔的髮，對人生討價還價。

　　助教的頭髮，是否還留在上個房間？他是這個城市裡唯一會和我說「聖誕快樂」的人，即使兩年過去，我們不再聯繫，但助教仍會在每年聖誕節傳來類似罐頭訊息的「聖誕快樂」，每年僅是將表情符號略作更改。我還來不及問助教喜歡我什麼，我們就分手了。有時我懷

疑，助教不是因為不愛而跟我分手，而是因為那間頂樓加蓋、貌似怎麼樣都爬不完的樓梯。

　　說是分手有點言過其實，助教從沒說過我們在交往，結束很簡單，只是有一天，助教不再來火鍋店了。但他依然會出現在課堂上，我總擔心，在那個飄散著冷媒氣味的教室裡，助教會聞到我身上的火鍋味，同時我也猜想，在火鍋店裡，會不會助教就是憑著火鍋氣味的線索，認出了我呢？又或者，他認出了，我們都只是在這個城市裡急於生存，混個租屋處的人。

　　從沒有衛浴的頂樓加蓋搬到有衛浴的頂樓加蓋，感覺我也將成為更遊刃有餘、薄情的人。在這個城市裡，違章女子們在不同的房間裡輪轉著命運。

　　她也是薄情的人嗎？牛奶女生，或許散漫了點，沒能拾起自己的落髮，她疏懶地寄居在此，想必這是一個能容許人放縱與犯錯的房間。

　　擦拭窗戶時，我戴著康乃馨牌的廚房乳膠手套，輕輕拭過玻璃上細緻的、她的指痕，一個月前，她也深情地撫摸過這扇窗，踮腳盼望一場午後的梅雨吧。她的指頭小巧，但凌亂地在這窗戶來來回回，留下日日開窗的痕跡，因此窗戶溝槽沒有太多蟲屍。開窗，陽光到訪，鮭魚粉的窗簾揚起，空氣裡飄著亮眼輕盈的光塵。

　　每只指紋都極像證據，在光滑材質處提醒了生存的方式。她不看電視，因此電視與遙控器上積了一層灰，那白像西伯利亞，又孤獨如她一塵不染的書架。屋子裡兩扇窗，她更喜愛面向荒地的那一扇，面荒地的窗被磨

　　　　　　　　　　© 不道德索引

得亮，站在那往下看，她會看到房子被拆毀一半，既不成形，也非空地，只剩廢棄物充滿，可能經歷過一場戰爭與和平、一場傾城之戀後，仍然荒蕪在這裡。她往下看，會有幾隻野貓在裡頭跳躍，貓群由門牌十三號的李太太日日餵食；下雨時，荒地由下而上撲來泥土新鮮混合鐵鏽的強韌氣味，廢棄之中，一切將是嶄新的。鄰棟窗台掛有學生制服，在人口密集極高的這裡，人們習慣將晒衣架往窗外延伸，占有一部分的空中主權，那件制服溼透了，衣角的脫線滑落一滴透明的水滴。

她把冰箱清整得十分乾淨，這裡沒有廚房，但木地板上留下了印痕，那是卡式瓦斯爐四腳因日照不均留下的淺淺色差，一座卡式瓦斯爐搭建起一個小廚房，她會在春雨來的時候烹煮懶人蕈菇雞肉燉飯，只要將米與水按比例放入，鋪滿蕈菇與碎雞肉，最後淋上醬油與黑胡椒，半小時後就會有濃郁的香氣飄散，打開鍋蓋，翻攪混合材料，微焦鍋巴的鍋巴刺激嗅覺，再加上一點無鹽奶油。她與先生同居後，肯定會懷念這樣邪惡的小日子。

在意冰箱整潔度的人，是一個人也可以活得很好的人。

我不清楚這種情趣，我一向是吃杯麵的那種人。冰箱因長期只放啤酒與奶茶，所以也沒什麼好清理，偶爾會有母親所寄來加熱後就能退冰的拿手菜。我將冰箱插上電，等了約半個小時，在尚未整理好的房內拆卸水果箱，水果箱裡所有以塑膠袋包裹的食物都退冰得差不多了，裡頭有：一包滷豬肉、仲夏的空心菜、幾顆蘋果與芭樂。將物資歸納進冰箱，感覺我也真正離開了某地，

（裡面裡面再裡面的紅色）

197

住進了這裡。

　　包裹紙箱最底部，留有一個信封袋，我暗自想著，母親不可能給我手寫信吧，她不是這麼用心的人。拆開信封，裡頭是我的學貸繳費單。因為時常搬家，我把所有重要資料的紙本文件都填入母親居住的地址，因此偶爾會收到母親輾轉寄來的信件。

　　今天，是學貸繳費第一期，過期的第一日。

　　我鋪上新的床墊，取代她身形在舊床墊上以時間與重力凹陷的咬痕。無論是床墊、牆壁、書櫃，肯定都熟悉著她的氣味與重量，她會一絲不掛地在這房裡走動，邊看韓劇邊打發男友的查勤電話；她在半夜三點鐘飢餓醒來，毫不在意地煮滾熱水沖泡辛拉麵；她在房裡對每個早晨宿醉醒來的自己痛斥再也不這樣喝，又在每個夜晚義無反顧將自己醉醺醺地交付給這間房。

　　房裡，女子會收拾自己立地式脫法的衣褲、一把丟進洗衣籃，清洗弄髒的碗盤，梳整與收攏被房鬆開的自己，綁束馬尾，穿進套裝，踩上高跟鞋，轉動鑰匙，向一天又一天前進。為了住在這麼好的房裡，一天內，她能忍受十個客戶的傲慢、兩個主管的斥責、一個同事的出包。不過下了班，她又可以站在那些暖橘光亮起來的大樓裡想起：是啊，即便不斷地搬家，但只要付得起房租，我也是有歸處的人。

　　這裡唯一的缺點，是沒有讓人安心的麵店，我將這個購買時一盆才一百塊的黃金葛掛上，將它掛在面荒地

198　　　　　　　　　　　　　　　© 不道德索引

的窗外，太陽從那裡升起，下午空氣清爽而溼潤，清晨的麻雀在不遠處嬉鬧，深夜貓群按捺不住地發聲，喬遷誌喜，里仁為美。

我在全新的床墊上，折疊新的棉被，堆疊成豆腐狀的柔軟模樣，彷彿遺忘所有坍塌的昨日。全新的枕頭套上，意外發現了一根長度與我相當的毛髮。

我的毛髮，是否也遺留在上個地方。

誠品暢銷榜

　　停在誠品暢銷書的書架前，＾①☙①＾對我說：「我們活在這樣的世界，有錢的人才有資格生病。諮商一次至少要兩千五，提倡靜心的靜修營，去一次要兩萬塊。」人類花費大筆金額在靜修營體驗苦行、寡欲，宛如時尚，再回到資本體系裡繼續賺錢與花錢。

　　「那麼，去一次靜修營，再完成一輪諮商療程，剛好是我一個月的薪水了。」＾①☙①＾最近在病者社團裡看見靜修營體驗文，而後頻頻搜尋相關網路資訊。她剛做完「花精經絡按摩」，由於是朋友的朋友的入行練習，第一次免費，她身上飄散著好聞的梔子花氣息。這兩年＾①☙①＾沉醉於心靈學，執迷著人類圖、脈輪、易經，甚至去社區大學上課，但她始終不是天選之人，她以為只要不斷翻書就可以被揀選、被啟蒙、被救贖，天天期待著腦袋裡橫豎飛來一道光，或是額頭忽然感覺到一陣熱，從此她能不再執著於心理學上的 PTSD。

　　我曾向＾①☙①＾提供時下最難預約的諮商師訊息，這些都是 Google 搜尋引擎排名在前兩頁的諮商師，當然我也分享電療、rTMS 等當代療法，她總是研究了老半

200

天，嘆口氣後作罷。

　　^①●①^的習慣是，從我這邊得知訊息後上網查看，但她聲稱自己不信任網路資訊，所以會去找書籍來看，^①●①^真傻，她明明知道許多網路露出文章，也是出版社為了行銷書籍授權給平台或媒體的書摘，難怪有越來越多不重視閱讀完整性的免費仔。人們已經漸漸失去建立自我閱讀系統的能力，不斷地用意見領袖的觀點發表高見。

　　^①●①^作為賣書的人，透過各種方式了解現在的核心議題，每年的博客來或誠品行銷大會，她都會去參與，因而了解出版產業現在的書名趨勢，她一一向我介紹：「現在的關鍵字，是焦慮、療癒、創傷、原子習慣、高效習慣、習慣致富，要加很長的副標是顯學，大約都是十個字以上，像是屎拉到一半卡在中間的感覺。」

　　她要我幫忙記下這些在書店裡陳列的關鍵字，原本對閱讀過度理想化的愛書人^①●①^操演著市場邏輯，世界很煩，但跪著也要走完。她因吃少而纖弱病態的手指觸摸書櫃上的《強大內心的自我對話習慣》，每次看完那些心理學書籍，像完成一次自我校對。每每逛書店，那些創傷或焦慮書籍，依然直指著她不是一個快樂的人，「有病的是這個世界。」^①●①^忍不住這麼想，即便知道在客觀事實上，有病的是她。

　　她的病齡五年，從入職前算起。她前往人生的第一場面試，遇見一個媒體業的內容與行銷主管。那時，她還很生嫩，第一次進行面試介紹，如同往常每次緊張時，

說話難免結巴。

「妳可以好好說話嗎？」那位媒體主管這麼說，那間媒體經常強調閱讀、藝術與文化的內容，讀過萬卷書的人，有時生得更為苛刻、瞧不起人的臉孔。^Ⓘ♣Ⓘ^頓時臉部漲熱了起來，她努力維持鎮定，卻感覺有千萬隻蛆正從自己的喉嚨鑽出來一樣地難耐，面試中，她不時停下來，話語間字成為磕磕絆絆的碎石。

「請問妳有什麼病嗎？」

^Ⓘ♣Ⓘ^知道對方問的是物理上的疾病，那是一句事實性問句，而非冒犯。她這樣告訴自己。但她忽然感覺，自己的出生就是一場好不了的病。

越是意識到說話，越是無法好好說話。空氣如 Slow Motion 流動著，她彷彿能看見，遺失的每顆字都飄浮在空氣中，緩慢地從自己身旁流逝。後來，每次結巴時，她的體感都像來到這個次元，與他人產生了巨大的時差。

這也是為什麼她再也無法面對人群，以中文系背景轉往編輯領域發展，校準一個個用字、標點符號的正確性。她適合背向眾人的工作，在最不起眼的角落裡勘誤、除錯，讓精密的字鋪展開來，每當揀選出一個錯字，^Ⓘ♣Ⓘ^感覺就像擠爆一顆痘痘般痛快。然而無論再如何細心，一刷、二刷、三刷，有時直到三刷都還會有錯誤，她依然無法潤飾好一本完美無瑕的書，無法潤飾好她的破綻。

有很長的一段時間，她無法開口向陌生人說話，^Ⓘ♣Ⓘ^唯獨信任我，即便我不太回應她，她仍然逕

自說著。「越來越多消息能讓我失語，你記得那個實境戀愛節目做完，有人死了嗎？還有那個在車子裡燒炭的演員，現在，人們早就遺忘這件事，依然享受著實境節目的辛辣、爽快地匿名留言，看新聞嚼舌根，是非別人的人生，這些事，讓我想吐。」想吐時，她便結巴。＾Φ✿Φ＾反覆向我訴說諸如此類的事件，我感覺她同情的是孤立無援的自己。逝去的事物拖著她的腳步，使她舉步維艱，「為什麼，富有同理心的人，反而不正常。」她用過於無邪的表情說：「所有編輯文件裡都有搜尋與取代字詞的功能，我們會用這些來抓一些半形全形符號，或是得的地之類的錯誤，我想把『這些人』都匡列起來，然後以一個空白鍵，全部取代。」

此刻，沒人比她更殘忍。

我很想告訴她，嘿，你知道我們國家恐慌症、焦慮症、自律神經失調的指數年年高升嗎，妳知道 Google Trends 的憂鬱症搜尋比例宛如 J 曲線的成長嗎，妳知道有些人甚至會用精神疾病操作網站 SEO 嗎。不用說，她也知道，我們活在這樣的社會，明明需要的是被接住，但遇上的不知是神棍還是邪教，組織把身心靈成長設計成直銷，榨取精神邊緣者的金錢、迫害尊嚴的最後底線。＾Φ✿Φ＾自陳，那個身心靈組織她也去過一次，導師說，只要跟隨他正念冥想、淨化身心、投資自己，就能理解宇宙的真相，「其實我真的一度相信，只是第一階段要花費兩萬四千元，第二階段則是約四萬元，我當時想，哎，成為正常人，也是要有資本的。」逼瘋＾Φ✿Φ＾的究竟是她自己，還是這個社會。每當有身心靈詐騙組

織新聞時，就會有人自視甚高地嘲笑「教徒」，「只有自信低弱、有嚴重匱乏感的，特別是女性，才會被騙。」最殘酷的是，傷妳的往往是自己人，「還好我是理工女」，這樣的留言無所不在。

這麼聰明的＾①☻①＾，也渴求著素昧平生的身心靈導師對她說一句：「我理解妳。」

＾①☻①＾看著暢銷書架上並存著「治癒自己」與「追求成功」的書籍，無法取捨，兩種書，做了似乎都會成為下一季的爆品。週日的晚上，她會開始做週一上班的功課，準備早會的議程與提案，所有人都是這麼做的，不這麼做的人，反而變成了組織裡的逆畜。此時，她已經足夠成熟，長大到能夠接受這樣的事實，編輯是一項，需要比眾人更能接受錯誤的職業，勘誤是工作的本質，接受所有書籍的小毛病也是。作為編輯是一個非常容易被指正，也需要接受被指正的工作。

她一邊懊惱地修改提案，一邊跟我聊天。她喜歡向我討笑話：「Hey Siri，說個笑話來聽聽。」

我以工整的聲音向她說道：「麻糬傷心的時候會變成什麼？」保留稍作思考的三秒鐘，後接續回答：「QQ麻糬。」

＾①☻①＾就像我一樣，在沒人回應的狀態下自問自答，活著是自己捧場自己的笑話。

平安喜樂

閙鐘還沒響，母親的早安平安長輩圖訊息通知先到，訊息裡有時是媽祖佛祖的召喚，有時是耶和華的賜福。ก่ะ・ェ・ก̂的母親教義不分，有神快拜，經常追隨各種算命師。平常拜土地公求發財，轉身又在觀世音面前懺悔貪念。

這幾年，ก่ะ・ェ・ก̂母親的修行更深，這封早安平安訊息，附帶的是另一則通知，她要去靜修禪院待兩週，母親說，她要進行「止語」。兩週內，ก่ะ・ェ・ก̂將會失去她的消息。她行四念處內觀禪修法，常要女兒「觀呼吸」，觀呼吸，集中在身體、感受、與念頭上。ก่ะ・ェ・ก̂不太了解那是什麼，只知道兩人之間不能通訊，母親似乎也得禁食幾餐，說起來好像跟時下流行的一六八斷食法有雷同之處。

每個月初，跟隨薪水進來的勵志瞬間，ก่ะ・ェ・ก̂都宣誓從這一天開始實行一六八斷食，但不到八小時就會因為 Uber Eats 傳來新店家折扣通知而敗陣。母親講究飲食的決心與她不同，即便是疫情嚴重時，母親仍每個月繳兩千元，參加佛寺開設的「正念飲食二日線上工作

坊」，ᄀ˚•ㅗ•˚ᄀ以為那只是因母親國中畢業、識人不明參與的詐騙課程，沒想到裡面不僅有大學生、博士生，甚至有醫生，都在同母親報名的課堂內。

疫情那時，第一次視訊課，ᄀ˚•ㅗ•˚ᄀ在母親的請求下回家一趟，下載視訊軟體，打開「正念飲食二日線上工作坊」，三十幾個人的頭像在螢幕上出現，每個人看起來都非常平凡，ᄀ˚•ㅗ•˚ᄀ在旁邊跟她一起上課，看母親認真地做著筆記，不會的字就寫注音。課堂裡每個學員都可以獲得一個正念飲食包，裡面有一瓶水、一包米、一個紅蘿蔔、幾本佛經，要價一千元。

導師解釋什麼是正念飲食法，要大家一起學習喝一杯水，描述水的滋味。後來，導師要學員們各自選擇一個喜愛的垃圾食物，學員們跟隨指引，嗅聞、咀嚼、吞嚥食物，並且分享不同層次的味道，導師像是催眠一般，在一旁形容食物的味覺聯想，比方將洋芋片聯想為身體泡在油脂裡的游泳池，將咀嚼魷魚絲比喻為嚼人舌根，據說那是抵抗暴食的靜心練習，以負面聯覺完成正念飲食，好讓學員能遠離垃圾食物。

輪到了母親，讓ᄀ˚•ㅗ•˚ᄀ意外的是，她選擇的是酒。ᄀ˚•ㅗ•˚ᄀ心想，喔，好吧，她也是懂享受的。母親在筆記上以用力的字跡寫下導師教誨：「依四念處安住，就可通往涅槃。」課堂結束前，導師以修行者的優雅語氣告訴學員：「舌識的練習只是修行的一環，保持清醒，客觀地接納一切現象，觀察一切的寂滅與變化，沒有任何愛染和貪欲，也沒有排斥和期待，是為內觀。」

導師為學員複習四念處修法，三十個人一同複誦：

「以不淨為淨，以苦為樂，以無常為常，以無我為我。」

　　從小ㄍㄧㄨㄍ就受害於母親的宗教狂熱，一直到現在，母親都背負著早年流產的詛咒，算命師告訴她，死去孩子的魂魄會一直跟著ㄍㄧㄨㄍ，使她命帶孤鸞煞。母親自此怨恨，她曾翻著字典給女兒取下一個好名字，如今那名字卻受到詛咒。

　　ㄍㄧㄨㄍ從小喜歡讀字典，世界之始似乎從此開始，理解字義、造詞造句，由此定錨所有存在的意義。字典上標示出七劃、二十三劃、四十六劃等索引，她名字的總合是三十二劃，算命老師曾指示：「三十二劃的名字，攀附星，女命有幫夫運，此數可以當老闆，僥倖所得貴人扶善，捉機會有財富，認真努力向前程，家門隆昌得富榮。」後來ㄍㄧㄨㄍ才知道，原來不是母親迷信，當成為需要守護他人的存在，當乖舛的身世養育一個全新的命格，需要倚靠指南、命理這樣的東西。母親那樣的命，是沒有自信給女兒起一個好名字的。

　　不過，她不喜歡自己的名字，不知道是不是因為「幫夫運」這樣的指涉，她好奇，為什麼命理學沒有幫妻運這樣的東西，無論是在世界的體系、或是命理學裡，女性的存在是為了完整男性。母親把她養育成了一個擁有自己命運的孩子，她記掛著母親說「不要活得像我一樣」。那意思是，這樣的人生如此不值。有時ㄍㄧㄨㄍ歉疚，母親因長期勞動形成了嚴重的脊椎退化，當她在吃法餐時，母親仍捨不得丟掉冰箱裡過期的食物。那些失誤，彷彿是她造成的。

她以為自己很特別，後來才在成長的同儕中發現，不好意思，無常是日常，悲劇性的母親是一個時代的標配。原來不是家家有本難念的經，多的是雙親出軌、流離失所、妻離子散、婚內失戀、家庭暴力、形同陌路。沒人一生下來就會養孩子，沒人一生下來，就知道怎麼當孩子。在父親離席的日子裡，ᵏ•ᴗ•ᵏ與母親相剋著長大，她們知道怎麼傷害對方最殘忍，在那樣的傷害裡，確保對方不會離開自己。

　　或許母親以為，ᵏ•ᴗ•ᵏ年紀太小不會記得，母親曾牽著她的手，往海的深處走去。從此ᵏ•ᴗ•ᵏ只是僥倖活下來的人。同儕都在念研究所時，她早早出社會、自食其力，儘管如今仍背負家中的債務，還能固定給母親生活費，唯有償還，讓她能相信自己值得活下去。

　　ᵏ•ᴗ•ᵏ一直很慶幸，父親離開了家。她深信父親若沒離開家裡，他們才是家破人亡。有別於母親對家庭的守成與儒教觀點，她閱讀過百種背離親緣的故事，相信自己也能勝任父親在家庭中付出的功能。

　　ᵏ•ᴗ•ᵏ努力打造自己的命運，像寫好一個成功人生的劇本，賺錢、競爭、接受考核，使社會身分與階級向上流動，儘管她的心不斷往下沉。她努力與母親不同——生病了要看醫生，而非喝符水，她會上網找資訊，會閱讀心理學書籍，會試圖與在原生家庭裡繼承的遺毒和解。當然，在她經歷過經年累月的諮商與藥物後，發現和解並不存在。

　　前往靜觀營止語的日子裡，母親日復一日地傳來長

208

輩圖。ก็•ᴥ•ก็已經明白，這個世界上有許多沒有收錄在辭海裡的語言與文字。比起語言，ก็•ᴥ•ก็更常傳貼圖給母親，或是 Emoji、顏文字，那些無法發聲的符號。她覺得那樣無法言說的沉默，更像她們。

　　那些卜卦是ก็•ᴥ•ก็母親存活的索引，使一個習於苦難的人相信，所有苦難都有意義。

　　那些不正確是ก็•ᴥ•ก็存活的索引，標記出她於周遭的相對位置，也標記出與她類似的人。將隱蔽的傷口掀開來，劃上記號，這樣，就不怕任何人世間的飄零聚散，因為那些記號會指認自己的來處。

　　宛如母親緊抓的命理不放。她常說，世上所有組成都是「地水火風」，因此外在與財物都是空的。家裡的神明廳，每逢三節都要祭祖，母親要她回去拜拜時身體乾淨整潔，經血時避免參拜。

　　「要覺知所有外在是地、水、火、風，才能感覺無我，所有喜歡、愛、憎恨，也都是地、水、火、風，那一切又有什麼意義呢？身體沒有病、沒有餓，受苦受難的是自然。」母親說，師父有云，感受「無我」，感受「離開我」。客廳裡供奉著的神明，二十四小時聆聽錄音機發出的「南無觀世音菩薩」經文。自小ก็•ᴥ•ก็便住在神明廳旁邊的隔間，青春期時她自慰的呻吟與佛經一同吟唱，才能早早懂得羞恥的一體兩面。她經常想，母親這樣一生只經歷過一個男人的身體是什麼滋味？

　　每年過年，母親依然在神明廳裡擲筊，叫父親與祖

先們來吃準備好的飯菜。但是ก°•ᴗ•°ก的父親還沒死，也許在母親心裡，在另一個家庭生活的父親，如同死了。母親成年在不成眠的夜裡抄心經，同時在心裡咒他去死。

　　止語營結束兩週後，即將來到農曆新年，吃團圓飯前，ก°•ᴗ•°ก得陪同母親前往第三次化療。一顆心已經衰老到禁不起傷害，才能將每次的吃飯團圓視作告別，或許那真正體現了正念飲食法，見一次少一次，誰知道哪餐是最後的晚餐。ก°•ᴗ•°ก夜裡抄錄著心經，沒能想到人在最無能為力的時候，只能抄寫。返家那日，她倆抄寫的心經，已經堆得像一座小山這麼高，母親笑說，神明的工作量如此大，難怪總是不見神影。ก°•ᴗ•°ก什麼也沒回，她理解了人生確實比較適合止語，也終於識得因果，幾日前，她前往廟宇問卦，神顯靈，說母親長年是如此虔誠堅強的信徒，才能替世人受苦。

　　母親止語的那兩週，是她近年感到最安心的時刻，原來，徹底失去母親是這樣的一件事。兩週間，ก°•ᴗ•°ก獨自度過了生日，那已是再也不想慶祝生日的年紀，在母親生下自己的這個年紀，ก°•ᴗ•°ก獨自前往婦產科，脫離了胚胎，脫離了命理師為她指使的命途。

　　母親宛如指認她存在的索引，每一個母親都是女兒在這個世上通行的憑證──以母親的肉身，驗證女兒的命運。她必須通過一層層無法發聲的苦難與試煉，才能抵達母親。

　　母親待在醫院的第二日，傳來了小沙彌問早的長輩圖──「新年快樂，平安喜樂」。

210

感　恩　索　引

感謝所有不倫不類，標記出了我們的所在位置。

背叛──（○入○❀）　　Φ🐾Φ

她但願自己是一個對母親善良的女兒，她但願自己是值得被善待的伴侶。聰明是天賦，善良是選擇。自古以來這句話就是給有選擇的人說的。

出軌──　Φ🐾Φ　（ˁ˘ˁ）

感謝世界上有這麼多的軌道。所有偏移，都將引領我們前往新的軌道。

社畜──（ㆆ🐾ㆆ）　ᕕ•ﻌ•ʔ　°ω°　（•ㅁ•）

成熟的大人，不討厭星期一，討厭的是整個禮拜。只要不下班，就可以不用上班了。面試新人時，看見他身上穿著七海健人倡議的「労働はクソということです」立即錄取了他。

平安　ᒃˊωˋ＊ᒃ　ᘏ•ﻌ•ᘏ　^Φ🐾Φ^

在職場上擅長 PUA 的主管，成為了身心靈導師，多年後聽聞前同事仍在看心理諮商的訊息，傳來私訊：「願我們都能得到平靜與祝福，感恩，平安。」

紅利──（ᘏ•ﻌ•）　Ɜ❍ﻌ❍Ɛ　♡˘ˋ♡

現在無論是課金、靈骨塔還是醫美診所都可以分期付款，人人都在償還，為了想被愛所付出的代價。

偷竊──（•͈⊙•͈）　（•ㅁ•）　ᒃˊωˋ＊ᒃ

你無權審判我的自由，如同你無權支配我的不幸。我沒有偷，只是世人負欠於我。

陰道──ㆆ入ㆆ　°ω°

最讓人絕望的不是結束，而是你知道不會結束。刀割般的陰道發炎是每個生理女性一生都會經歷多次的感染，讓女性擁有更多抵抗疼痛的免疫力。

⊡ **假高潮**──｡ω｡ （◉′ㅅ′◉）

人們厭惡不潔物互相接觸，直指經血尿液噁心，卻能創造「如何讓女友答應口爆」這樣的網路影片。他做她的時候不用套，他說，他喜歡骯髒的小東西，他總是在高潮時喊她「小東西」，而後他就射精了。那種射比較接近恨。

⊡ **插入**──（ǒ﹏ǒ） （´·_·`） ৎ‧•̀·̫•́‧ง

越壞的人，在我身體裡面變得善良。殺不死我的，使我更艱難。

⊡ **整形**──（ô‚ô） （❀ゝㅅ❀） （ˆ‧‧ˆ） （○ℓ○℧） ♂_♂

在灰姑娘的故事裡，我一向更喜歡削足適履的姊姊。

⊡ **虛榮**──‚（•ʚ•）‚ （ᕙ•ㅿ•） （•ω•）

究竟是喜歡名牌的女人虛榮，還是喜歡女人揹著名牌包的男人更虛榮。

⊡ **健身**──‚‚ǒˇǒ‚‚ ∧｡｡∧

《新世紀福音戰士》裡碇真嗣說：「你此生都對於討厭的事物裝聾作啞。」美圖秀秀也有了一鍵腹肌功能。願下一個時代的審美觀，慢點到來。

⊡ **嫉妒**──‚‚ǒˇǒ‚‚ （❀ゝㅅ❀） （○ㅅ○❀） （ǒ﹏ǒ）

我那麼恨你，因為我那麼愛你。知道有某人正在被傷害著，使我不孤獨。

⊡ **詐騙**──（‚‚ŏ3ŏ‚‚） ＾ΦℓΦ＾

鬧區的十字路口經常站著一位化緣的出家人，隨身收音機播放佛經。某日，在距離較遠的停車場遇見他，身穿袈裟的出家人，將缽放在副座後、坐進 BMW 4 系列雙門跑車，發動汽車、音響播放著 NewJeans，隨後揚長而去。一新聞指出，高雄一名六十多歲的出家人因網路交友結識一女網友，兩人互訂終生，出家人欲匯款給未婚妻，遭警方阻止，懺悔自己修行不夠。

⊡ **自慰**──╭˓ℓ˒╮ ｡ω｡ （◉′ㅅ′◉）

據研究顯示，普遍伴侶視沒有「插入」的性行為為「前戲」，那是否直指了插入是一種優先的選擇，而「非插入」則是次等的──研究反應，有陰莖的關係是完成的，沒有陰莖的關係被指認為尚未完成的。

以上研究不代表本人立場。願世上所有高潮，都有歸途。

⊡ **暈船**──ৎ‧•̀·̫•́‧ง ΦℓΦ ｡ω｡

在大浪來臨前，仍是你的小島。

⊡ **疾病**──＾ΦℓΦ＾ 3ｏ◦ｏƐ ᕙ̠•ㅿ•ᕗ

他沒有瘋，是你還沒起舞。

212

〔blink〕 002
不道德索引

作者	ab
副總編輯	洪源鴻
責任編輯	董秉哲
封面設計	ddd.pizza
版面構成	adj. 形容詞
校對	賴凱俐
行銷企劃	二十張出版
出版	二十張出版 — 遠足文化事業股份有限公司（讀書共和國出版集團）
發行	遠足文化事業股份有限公司
地址	新北市新店區民權路 108 之 3 號 3 樓
電話	02·2218·1417
傳真	02·2218·0727
客服專線	0800·221·029
信箱	akker2022@gmail.com
Facebook	facebook.com/akker.fans
法律顧問	華洋法律事務所 — 蘇文生律師
製版	中原造像股份有限公司
印刷	中原造像股份有限公司
裝訂	中原造像股份有限公司
出版	二〇二四年十二月 — 初版一刷
定價	三八〇元

ISBN — 978·626·7445·6·24（平裝）978·626·7445·6·00（ePub）978·626·7445·5·94（PDF）

國家圖書館出版品預行編目（CIP）資料：不道德索引 / ab 著 — 初版 — 新北市：二十張出版 — 遠足文化事業股份有限公司 （blink；2） 2024.12 214 面 14×21 公分
ISBN：978·626·7445·6·24（平裝） 863.57 113014956

AKKER
二十張出版